荘子

Zhuangzi

玄侑宗久

NHK出版

はじめに――心はいかにして自由になれるのか

『荘子』は今から約二千三百年前、中国の戦国時代中期に成立したとされる思想書です。著者の名前も荘子（荘周）ですが、この書は彼とその弟子たちが書き継いだものが一つにまとまった本です。歴史に名を遺す思想家たちを見てみると、孔子もお釈迦様もソクラテスも、自著というものを遺していません。その思想を弟子たちが書き遺したことで師匠の名前が残ったわけですが、『荘子』の場合は明らかに荘子自身も書いており、師匠と弟子の合作という珍しいスタイルの本になっています。

ちなみに荘子の読み方ですが、儒家の曾子と区別するため、日本では「そうじ」と濁って読むのが中国文学や中国哲学関係者の習慣となっています。

『荘子』は、一切をあるがままに受け容れるところに真の自由が成立するという思想を、多くの寓話を用いながら説いています。「心はいかにして自由になれるのか」。その思想は、のちの中国仏教、即ち禅の形成に大きな影響を与えました。寓話を使っていることからも分かるように、『荘子』は思想書でありながら非常に小説的です。じつは、「小説」という言葉の起源も『荘子』にあって、外物篇の「小説を飾りて以て県令を干む」という一節がそれです。「つまらない論説をもっともらしく飾り立てて、それによって県令の職を求める」という意味で、そのような輩は大きな栄達には縁がないと言っています。あまりいい意味ではないのですが、これが小説という言葉の最古の用例です。

実際に、日本でも作家や文筆家など、多くの人々が『荘子』から創作への刺激を受けています。よく知られたところでは、西行法師、鴨長明、松尾芭蕉、仙厓義梵。良寛も常に二冊組の『荘子』を持ち歩いていたと言われています。近代では森鷗外、夏目漱石、そして分野は違いますが、ノーベル物理学賞を受賞した湯川秀樹博士も『荘子』を愛読していました。中間子理論を考えていた時に、『荘子』応帝王篇の「渾沌七竅に死す」の物語を夢に見て、大きなヒントを得たといいます。

『荘子』は反常識の書だ、ただ奇抜なだけだ、という人もありますが、私にとっては常に鞄に入れて持ち歩くほど大切な本です。ふと思いついてパッと開いたところを読むだけで、何かがほどけるような気分になります。とかく管理や罰則など、いわゆる儒家や法家的な考え方が支配的な世の中です。社会秩序とはそういうものかもしれませんが、果たしてそれは個人の幸せにつながるのか……。『荘子』には常にその視点があります。個人の幸せというものをどう考えるかという視点に立つと、荘子の思想は欠かせないものに思えるのです。

今、人々は、言葉や思想というものが大変恣意的な都合でできあがっている、暫定的なものであるという認識を失くしているように思います。たとえば、いわゆるグローバリズムの名の下に行なわれていることは、汎地球主義ではなく、欧米的価値観の押しつけだったりもするわけです。じつはさまざまな民族や宗教による考え方は非常に相対的なものであり、何かが絶対的に正しいというものではない——と、徹底的に笑いながら話しているのがこの『荘子』です。

また、東日本大震災を経た今、私たちは「自然」というものをもう一度とらえ直すべきではないかとも思います。いつしか人間は、自然というものは、自分たちが全貌を理解して制御することが可能なものだと思い込んでいたのではないでしょうか。自然とは恐ろしいものであり、人間がその全てを把握することなど決してできないという認識が、いつのまにかなくなっていたのだと思います。荘子は、人知を超えたあらゆるもののありようを「道」ととらえました。言い換えればそれが「自然」でもあります。自然とは何か。それをもう一度考え直す時に、『荘子』は最良のテキストになると思います。『荘子』の徳充符篇に、「常に自然に因りて生を益さざる」べしという言葉があります。「自分の生にとってよかれという私情こそがよくない、それが却って身のうちを傷つけるのだから、私情なく自然に従うべきだ」という意味ですが、今の世の中はその正反対で、自分の生にとってよかれという情報ばかりが欲望されています。

また応帝王篇には、「物の自然に順いて私を容るることなければ、而ち天下治まらん」という言葉もあります。「私情を差し挟まなければ、天下はうまく治まる」ということです。ところが今の世界は、国家と国家がエゴをぶつけあう緊迫状態にあります。このように、個人も国家もエゴを主張しあう現在だからこそ、肩の力を抜いて「和」を目指すことを説く『荘子』が、とても重要な書だと思うのです。

じつは、荘子は「言葉」というものを信用していません。「夫れ言とは風波なり」（言葉は風や波のように一定せず当てにならないものだ）という人間世篇の言葉が、荘子の基本的な態度で、これは禅の「不立文字」にもつながっていく思想です。しかし荘子がそう言っているからといって、努力なしにいきなり「言葉はダメだ」と言っても仕方ありません。言葉がどこまで役立つか、私なりに挑んでみましょう。「妄言」しますから「妄聴」してね——というのが荘子の態度です（「予れ嘗に女の為めにこれを妄言せん。女以てこれを妄聴せよ」（斉物論篇）。そういうわけですから、この本も「妄言」と思いつつ「妄読」していただければ幸いです。

目次

ブックス特別章

＊本書における『荘子』の書き下し文は『荘子』第一冊～第四冊（金谷治訳注、岩波文庫）によっていますが、その他の諸本を参考にして手を加えたところがあります。なお、現代語訳は著者によります。

第1章――人為は空しい

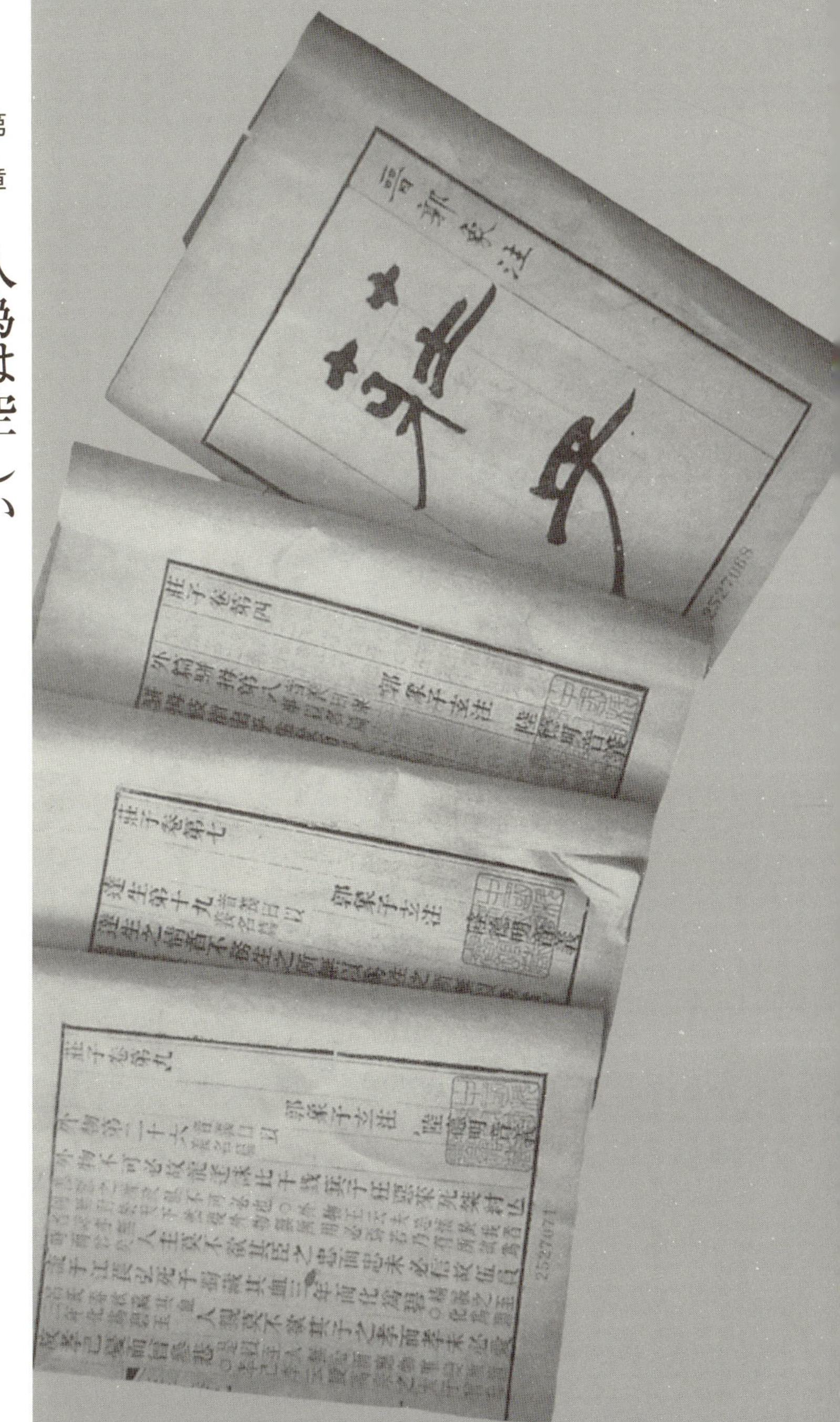

荘子とは何者か

『荘子』の作者である荘子（荘周）は、紀元前三〇〇年頃を中心とする戦国時代中期に活躍した、宋という国の思想家です。当時の宋の人たちは、日本で言うところの平家の落ち武者のような存在です。壇ノ浦の合戦で平家が滅んで源氏の世の中になり、平家の落人（おちうど）たちが日本のあちこちに集落を作って暮らしましたが、それと同じで、紀元前十一世紀に殷（いん）が滅んで周が興った時、殷の遺民がまとまって住んだ地域が宋国なのです。非常に差別的に扱われた国で、中国の昔話では愚か者が登場すると、たいていがこの時代の宋の人だったりします。

荘子の一生についてはほとんどが不明なのですが、司馬遷（しばせん）の『史記』[*1]には次のような記述があります。

荘子は蒙人（もうひと）なり。名は周。周嘗（かつ）て蒙の漆園吏たり。梁（りょう）の恵王[*2]、斉（せい）の宣王[*3]と時を同じうす。其の学闚（うかが）わざる所無し。

（『史記』列伝第三「老子韓非列伝」）

つまり、「荘子は、紀元前四世紀後半の宋国の蒙県（今の河南省）の人で、周という名前だった。同時代の人には梁の恵王や斉の宣王がいる。彼は漆園の管理人という宮仕えも経験し、とにかくあらゆる学問に通じていた」と記しています。

「漆園の管理人」については、司馬遷がこう記した根拠や証拠は分かっていません。しかし、古代中国最大の歴史家である司馬遷が根拠もなく書くはずはない、とは誰もが思うところです。荘子自身は、『荘子』の中で「自分は宮仕えなどする気はない」とはっきり書いているのですが、そう書けるのは実は一度経験しているからではないか、という見方もできます。

私は個人的に、「なるほど漆園の管理人か」と思うところがあります。これは老子[*4]にも言えることですが、荘子は光というものを肯定的に捉えていません。ギラギラするもの、輝いて自己主張するものを嫌っています。たとえば、『老子』に「和光同塵（わこうどうじん）」という言葉があります（第四・五十六章）。光を和（やわ）らげ、塵（ちり）に同（どう）ずる。ギラギラした輝きや才能は包み隠し、世俗に交じって皆と仲良くする、という意味です。一方『荘子』には、「葆光（ほうこう）」という言葉も出てきます（斉物論篇（せいぶつろんへん））。これは光を何かで包み込んだような、内にこもる光のこと。また、同じく斉物論篇には「滑疑の耀（こつぎのよう）」という言葉も登場します。こちらも、暗くてはっきりしない仄（ほの）かな光のことです。古い和語に「たまかぎる」という枕詞があります。「玉が仄かに輝く」、つまり、ダイヤモンドではなく真珠のような輝きを表す言葉で、日本人が一番ゆかしいと感じる光ですが、荘子が言う「葆光」も同じようなものだと考えてよいでしょう。

このような「仄かな光」が、肯定的な意味で、『荘子』には頻繁に出てきます。仄かな光とは、すなわち、漆の艶の特徴でもあります。こうしたことを考えると、荘子が漆園の管理人だったというのは案外本当なのかもしれません。

荘子は、秋水篇によると、楚の王様に宰相として招かれたとされますが、使いの者に、「自分は剝製としてありがたく祀られる亀となるよりも、泥の中で尾を曳いて生きながらえる亀でいたい」という旨を伝えて辞退したそうです。そして、人生の大半を貧しくも自由な隠遁生活のうちに過ごしたと言われています。

老子、孔子との割り切れない関係

『荘子』はご承知のように、「老荘思想」と括られるほど、『老子』の思想を継承する書物として認知されています。しかしこれは、荘子自身がそのような括りで考えていたということではありません。この括りはおそらく、さきほど引いた『史記』の続きに、「然して其の要は老子の言に本づき帰す」（そのエッセンスは老子の言葉に基づいている）とあることに由来するものと思われますが、『老子』と『荘子』が一括りでとらえられるようになったのは、この時代、前漢の武帝[*5]の頃以降のことです。

『荘子』が『老子』の思想を継承発展させたという側面が大きいことは確かです。その思想の根幹である「道」というものについての、あるいは「無為自然」についての思考なども、両者は矛盾なく重なりあい、拡充されています。しかし、その視点だけではどうしても理解しきれない内容も『荘子』には含まれています。『老子』に影響を受けはしたけれど、決定的に違うと思える面も大いにあるのです。

それが端的に表れているのが、『荘子』における老子（老聃）の死にまつわる描写です。養生主篇に、「老聃死す」で始まる一節があります。なんの前触れもなく老子が死に、友人の秦失が弔問に出かけたところ、その亡骸を前にして、年寄りたちはまるで我が子を失ったように声をあげて泣き喚き、若い者たちは母親に死なれたように悲しんでいました。それを見た秦失は、皆がそんなふうに悲しむのを、天命を受け容れずそれから逃れようとし、人間本来の情にも背いていると批判します。極言すれば、きちんとした死生観を周囲の人々にもたせることのできなかった老子とは、それだけの人にすぎなかった、ということです。死という決定的な場面で秦失にこう言わせている荘子は、老子に対して、非常に冷徹だと言えます。

一方で、『荘子』は一般的に、孔子[*6]に対して批判的であると言われますが、これも常に批判的かというと、そういうわけでもない。たとえば蘇軾（蘇東坡）[*7]は、『荘子』を読み、荘子は孔子を助けようとした人だと言っています。確かにそういう見方もできるくらい、荘子は孔子その人に対してはある種の敬意を払っています。田子方篇では、魯の哀公[*8]と荘子が問答する設定で、「この国には儒者が多い」と誇らしげに言う哀公に対し、荘子はそれを否定し、形ばかりの儒者が多く、本物の儒者は一人だけだと結論づけます。もちろんそれは孔子を指しているわけです。孔子自身は賞讃するが、それに続く儒家[*9]というグループは認めないというのが、荘子の基本的な態度のようです。

『荘子』の構成

『荘子』という書物は、荘子自身の作品を中心にして、道家[*10]の論文や古くからの寓話などを編集したものだとされています。現在伝わっているのは西晋（二六五〜三一六）の学者郭象[*11]が編纂したもので、内篇七篇、外篇十五篇、雑篇十一篇の合計三十三篇、約六万五千字から成っています。『史記』によると『荘子』は「十余万言」、『漢書』には五十二篇と記されていることから、編纂の段階でかなり整理された部分があるのでしょう。

内篇、外篇、雑篇の区別ですが、これは荘子自身が分けたものではなく、前漢（前二〇二～後八）末期に『荘子』を五十二篇にまとめた劉向（りゅうきょう）*12が分けたものだと言われています。一般的には、内篇が荘子自身によるもの、外篇と雑篇は弟子の手によるものとされ、故に内篇が最も重要だとする見方がなされています。その見方を基本的には否定しませんが、この区別は便宜的なもので、後世の個人が解釈を加えて分類したものでもあるため、どうも不自然だと感じる部分もあります。また現在では、外篇、雑篇の中に内篇の一部よりも古いものがあることも分かってきています。ですから私としては、ここでは三十三篇全体を等価値の『荘子』として扱いたいと思います。

『荘子』のテキストの特徴は、何と言っても小説的な創意に満ちた突飛な物語性にあります。『荘子』雑篇の寓言（ぐうげん）篇には、『荘子』に書かれていることのうち九割は寓言（他事にことよせて書かれた物語）、七割は重言（じゅうげん）（古人の言葉を借りて重みをつけた話）、残りはみな卮言（しげん）（卮［底の丸い盃］が注がれた酒の量に従って自在に傾くように、相手の出方次第で臨機応変に対応していく言葉）だと書かれています。

九割と七割とその残り、これは単純に足せば十割を超えてしまいますから、「寓言であり重言でもある」というように重なっているものも多くあるということでしょう。しかし、そのような数字や分類よりも気になるのは、『荘子』はなぜこのような語りの方法論を採ったのかということです。寓言篇に書いてあるので、読んでみましょう。

『荘子』の構成

内篇・外篇・雑篇の三十三篇で構成されています。紀元前三〇〇年頃の原本は現存しませんが、漢の時代に流布していた五十二篇構成のものを、西晋の学者・郭象が三十三篇に整理して現在に伝えています。

内篇 七篇

逍遥遊篇　「逍遥遊」とは、とらわれのない自由な境地に心を遊ばせること

斉物論篇　「斉物論」とは、物はみな斉しいとする論

養生主篇　「養生主」とは、生命を養う真の生き方

人間世篇　「人間世」とは、人々の交わる世の中

徳充符篇　「徳充符」とは、徳が内に充ちた符

大宗師篇　「大宗師」とは、大いに中心（宗）とし、師とすべきもの（＝根源の道）

応帝王篇　「応帝王」とは、帝王たるにふさわしいもの

外篇 十五篇

外篇は各篇の冒頭の字を篇名としており、特別な意味はない。

駢拇篇／馬蹄篇／胠篋篇／在宥篇
天地篇／天道篇／天運篇／刻意篇
繕性篇／秋水篇／至楽篇／達生篇
山木篇／田子方篇／知北遊篇

雑篇 十一篇

雑篇も各篇の冒頭の字を篇名としており、特別な意味はない。

庚桑楚篇／徐無鬼篇／則陽篇／外物篇
寓言篇／譲王篇／盗跖篇／説剣篇
漁父篇／列御寇篇／天下篇

まず、寓言という間接的な表現方法を用いた理由についてです。「人間は誰でも、自分と同じ考えに対しては賛成して正しいと考えるが、自分と違った考えはすぐに間違いだと決めつけるものだから、そんな人間を相手にするには、直言という形をとらず、自分と関係ない寓話として聞かせた方が賢明だし、効果的だからだ」と述べています。

重言は、尊敬できる古老の言葉として語り、それを引用するという方法ですが、これについては「言を已むる所以なり」とあります。つまり、論争をやめさせるためにそうするのだと言うのです。ただしその際は、本当に道を心得た先達の言葉を用いなくては意味がない、と条件をつけています。

三つ目の卮言については、こう書かれています。

卮言は日（々）に出だし、和するに天倪を以てし、因るに曼衍を以てす、年を窮むる所以なり。言わざれば則ち斉し。斉しくして与めに言えば斉しからず、言いて与めに斉しくすれば斉しからざるなり。

「和するに天倪を以てす」とは、『荘子』の思想的中心部とも言える斉物論篇にほぼそのままの形で出てくる言葉ですが、要するに、天から見れば全ては斉しいのであり、そう見えないとしたら、それは人間が自分を中心に据えた勝手な是非善悪を振りかざすからにすぎない、ということです。そういう見方をすることで相手と和し、「曼衍」、つまり窮まりない変化に任せきって臨機応変に言葉を出していく。これが卮言で、それでこそ天寿を全うできると言うのです。

簡単に言えば、卮言とは「自然なバランス感覚のなかで和を指向する直観的な言葉」とも言えるでしょう。ちなみに老子や荘子においては、天寿を全うするというのは最高の讃辞です。卮言を駆使することで、初めてそれが可能になるというのです。

こうして見てみると、荘子が論争など望んでいないということが分かります。重言の説明として「言を已むる所以なり」とあるように、言葉そのものが議論や論争の素ととらえられている。「言わざれば則ち斉し」いのに、ひとたび「斉しい」と言葉で説明されると斉しくなくなってしまう。つまり、言葉そのものに斉しさを離れる性質があるのです。寓言や重言や卮言とは、言葉がもつそのような本質的欠陥を、なんとか最小限にするための方法論だと言えるでしょう。

言葉には、どうしても主観が混じります。「自(よ)ること有りて可とし、自ること有りて不可とす」(寓言篇)と荘子は言いますが、どんな判断も、自分なりの勝手な理由で可否を決めて言明することができる。だから荘子は、主観的な表現をできるだけ避けるのです。これが『荘子』における表現の基本的な態度だと考えてください。荘子は言葉の限界を痛感していた人です。無限の広がりをもつ「道」の世界を、言葉という限定的な道具で表現するなど、もとより不可能だと考えていた。そういう意識をもったうえで言葉を使っていますから、荘子の使うほとんどの言葉は寓言、重言、卮言になってしまうのです。

「道」とは何か

先ほど、『荘子』には『老子』と異なる面があると言いましたが、『老子』の考え方を踏まえている部分ももちろんあります。その最も重要なものの一つが「道」です。道とは、いったい何なのでしょうか。

『老子』第二十五章の表現によれば「物有り渾成(こんせい)し、天地に先んじて生」じた状態、つまりまだ天も地も生まれておらず、渾然としてはいるものの何物かがあるような状態です。それは静まりかえって音もなく（寂）、おぼろげで形もない（寞、寥）。そして「独立して改(かわ)らず、周行して殆(やす)まず」、全体は独立していて一定なのに、どういうわけか周(あまね)くどこまでも行きわたって止まることがない。なんとも不思議な状態ですが、喩(たと)えて言えば全てを生み出す「天下の母」のようなもの。もとより名前はないから、これに字(あざな)して「道」と呼ぶことにした――と老子は言います。道とはどんな定義にも収まらない生命原理であり、全ての命がそこから出てくるものだ、と言えるでしょう。

同じように荘子は、この「道」というものを「攖寧」と呼んでいます（大宗師篇）。攖寧とは、万物と触れあいながら自らは安らかでいることです。これは先の『老子』と同じようでありながら微妙に観点が違います。

また逍遥遊篇では、もう少し文学的に、「無何有の郷」とも表現しています。「何も有ることなき郷」、何もない、物が現れていない、時間も生まれていないし空間も生まれていない広漠の野ということです。時間が生まれていないということは、音もないということです。老子も荘子も、常にこうした状態に身を置こうとします。

全てがそこから生まれ、万物がそれと触れあっている。道とはなかなか理解するのが難しいものですが、そもそも道を定義すること自体、老子は拒否しています。それが『老子』第一章冒頭の「道の道とすべきは、常の道に非ず」です。荘子は「道は昭らかなれば而ち道ならず」（斉物論篇）と言っています。また道についてばかりでなく、あらゆる言語表現に対しても二人はともに否定的で、老子は「知る者は言わず、言う者は知らず」とまで言い切り（第五十六章）、荘子も「言は弁ずれば而ち及ばず」（斉物論篇）と言い、話さないことこそを「不言の弁」として推奨しています。さらに荘子は、「道を知るは易く、言う勿き（な）は難し。知りて言わざるは、天に之く（ゆ）所以（ゆえん）なり」（列御寇篇（れつぎょこうへん））とも言い、道というものは、百歩譲って知ることはやさしいかもしれないが、知ったとしてもそれを言わないでいることが難しい。知っていても言わないことが、むしろ自然を達成する方法だ、と言うのです。

言葉はどうしても自らを飾ろうとします（「言は栄華に隠る（よ）」斉物論篇）。そこには「私」すなわち「人為」が混じります。荘子は応帝王篇で、天下を治める方法について質問した天根（てんこん）に対して、無名人という名の人物に次のように答えさせています。

汝、心を淡（たん）に遊ばしめ、氣を漠（ばく）に合わせ、物の自然に順（したが）いて私（し）を容るることなければ、而ち（すなわ）天下治まらん。

つまり、「私情を挟むからおかしなことになるのであって、成り行きに完全に任せれば天下は治まるものだ」と言っています。ここでも、自然とは「私」を混じえないことだとされるのです。

渾沌王と、感覚の不完全性

老子も荘子も、道とは自然（自ずから然り）に沿うあり方であり、人為を加えないものだと説いています。しかし両者で異なるのは、老子がそれを理論で示そうとするのに対し、荘子は小説的な描写によって示している点です。要するに、荘子は常に具体的なのです。

第4章で詳しく取りあげますが、荘子は知北遊篇で、道はどこにあるのかと問われ、「道はどこにでもある、蟻にもオケラにも屎溺にもある」と答えています。荘子はここで「天鈞（天均）」という見方を示します。天から見れば、全てのものは等しく釣り合っている。どんなに微細なもの、つまらないと思えるもの、矮小なものにも道はある。荘子は、道は抽象的にとらえてはいけないと考えているのです。道は常に具体を離れず、しかもあまねくことごとく行きわたっている。「物より逃るることなければなり」（知北遊篇）と言っているわけですから、いわゆる形而上学的な議論は御免なわけです。

老子が定義不能とする命の根本原理を、具体を指向する荘子は寓話や物語を使って何とか表現しようとします。ここでは、「道」と「無為自然」にまつわる三つのエピソードを紹介してみましょう。

まずは、応帝王篇の最後を飾る、有名な渾沌王の物語です。

南海の帝は儵といい、北海の帝が忽、そして中央の帝が渾沌という名前だ。儵と忽はときどき渾沌の土地で遇ったが、渾沌はとても手厚く彼らをもてなした。そこで儵と忽は日頃の渾沌の恩に報いようと相談し、「(我々)人間には誰でも眼・耳・鼻・口という七つの穴（七竅）があり、それで見たり聞いたり食べたり息したりして（充実した暮らしをして）いるのに、この渾沌にだけはそれがない。（可哀相だから）試しに穴をあけてあげよう」ということになった。そこで一日一つずつ穴をあけていったが、七日経って全ての穴をあけおわると、渾沌は死んでしまったのである。

〔南海の帝を儵と為し、北海の帝を忽と為し、中央の帝を渾沌と為す。儵と忽と、時に相い与に渾沌の地に遇う。渾沌これを待つこと甚だ善し。儵と忽と、渾沌の徳に報いんことを謀りて曰わく、人みな七竅ありて、以て視聴食息す、此れ独り有ることなし。嘗試にこれを鑿たんと。日に一竅を鑿てるに、七日にして渾沌死せり。〕（応帝王篇）

これだけのお話なのですが、この物語にはいろいろなことを考えさせられます。私はかつてこれを読んだ時、儵と忽が好意から一日一つずつ穴をあけ、それを七日続けたということは、一つあけるごとに渾沌は次第に元気になったのだと思い込みました。もしかすると六つあけた時、渾沌は最も元気だったのではないか、と。もしそうであったのなら、それはたとえば眼が見えない人独特の耳のよさ、あるいは嗅覚の発達などというテーマにも重なるのかもしれません。使われなくなった脳の視覚野の細胞が、聴覚や嗅覚など他の感覚の処理に使われ、そちらの機能が高まるということが実際にあるそうなのです。

しかし一方で、ここで語られていることは五感の否定でもあります。感覚するための穴をあけたら、最終的に渾沌は死んでしまったわけですから。とすると、この話の命題は「感覚を信じるな」ということであるとも言えそうです。

現代の私たちは、感覚を信じるなと言われても、すぐには同意しづらいでしょう。たとえば精神を病んだりすると、「思考しないでとにかく感覚に戻れ」と言われたりします。しかし渾沌は、全ての感覚を授けられたら命が終わってしまった。それは道に順うあり方ではなかった。つまり感覚は、無為自然ではなく「人為」だったのです。

この、感覚というものを人工物、あるいは捏造物と見なすのは、老荘思想の特徴だと言えるでしょう。またインド伝来の仏教では、さらに感覚と知覚を区別し、知覚には「私が混じる」、つまり、感じたとしてもそこに「私」の都合が加味されているから、ありのままなどではない、と考えます。

老荘と仏教の見方に共通して言えるのは、結局、我々の脳が、記憶装置として、個人的な体験や思い込みを常に蓄えているということ。そこに蓄えられた記憶が、ものを見る時も人の話を聞く時も、常に作動しているわけです。これは人間の脳の優れた部分でもあるのですが、不自由なのは、その記憶装置の部分と、五感を通して見たもの聞いたものを分析する部分の働きが分かれていないことです。五感を通したものは、すでに道に従う命そのものとは違うフィクショナルなものになっている。感覚（仏教でいう知覚）と言われるものは、どう転んでも不完全なのです。むしろ、ありのままの命を殺す方向に働く。そのことを端的に表したエピソードが、この「渾沌七竅に死す」だと言えるでしょう。

効率を求めることは恥ずかしい

儵と忽は、よかれと思って渾沌に七つの穴をあけました。しかし結果的にそれは、拙速な分別や感情的な判断が、命そのもの、渾沌とした命の自然を殺すことにつながってしまいました。同じように分別と自然の関係を描いたものに、天地（てんち）篇の「ハネツルベの逸話」があります。

孔子の弟子の子貢があるとき南方の楚に旅した帰り、変わった老人が畑仕事をしているのに出くわす。なんと老人は、トンネルを掘ってその底の井戸まで下り、水甕に水を入れ、それを抱えて穴から出てきては畑に注いでいたのである。

あまりに非効率なことを憐れんだ子貢は、老人に「ハネツルベ」という水揚げのための便利な機械があることを告げ、それを使ったらどうかと勧める。すると老人はむっとして、それから笑い、自分の師匠から教わったことだと言って次のように答える。

「仕掛けからくり（機械）を用いる者は、必ずからくり事（機事）をするようになる。からくり事をする者は、必ずからくり心（機心）をめぐらすものだ。からくり心が芽生えると心の純白さがなくなり、そうなると精神も性のはたらきも安定しなくなる。それが安定しなかったら、道を踏みはずすだろう。ワシも『ハネツルベ』を知らないわけじゃない。ただ、恥ずかしいから使わんのじゃよ」

これを聞いた子貢はすっかり恥じ入り、追い返されて三十里も歩いてからようやく我に返った。いや、本人はそう思っているが、弟子から見れば、一日中我に返らなかったようなのである。

〔子貢、南のかた楚に遊び、晋に反らんとして漢陰を過ぎ、一丈人の方将に圃畦を為るを見る。隧を鑿ちて井に入り、甕を抱きて出でて灌ぐ。搰搰然として用力の甚だ多きも、而も功を見ること寡なし。子貢曰わく、此に械あり、一日に百畦を浸す。用力甚だ寡なくして、而も功を見ること多し。夫子、欲せざるかと。圃を為る者、卬（仰）ぎてこれを視て曰わく、奈何と。曰わく、木を鑿ちて機を為り、後は重くして前は軽く、水を挈ぐること抽（流）るるが若く、数（速）きことは泆湯（蕩）の如し。其の名を槹と為すと。

圃を為る者、忿然として色を作すも、而も笑いて曰わく、吾れこれを吾が師より聞けり。機械ある者は必ず機事あり。機事ある者は必ず機心あり。機心、胸中に存すれば、則ち純白備わらず。純白備わらざれば、則ち神生（性）定まらず。神生（性）定まらざる者は、道の載せざる所なりと。吾れは知らざるに非ざるも、羞じて為さざるなりと。

子貢、瞞然として慙じ、俯して対えず。」　（天地篇）

効率を追い求めることを「恥ずかしい」とする感覚——これはぜひ大事にしたいところです。効率化を目指す、するとそこには、少しでもうまくやろうという機心が生じる。機心が生じると、精神ももちまえも安定しなくなる——。

現代の人々は、今まさにこの連鎖の中にあって不安定なのではないでしょうか。便利な道具を持つことで、確かにさまざまなことにかかる時間は短縮できました。でも、そうやって生まれた時間で私たちは何をやっているのでしょうか。たとえば、携帯電話やスマホでせわしなくやりとりされるメール。昔ながらの手紙であれば、現代でも返事は一週間は待てるでしょう。ファクスであれば翌日までは待てます。パソコンのメールとなると、やはりその日のうちでしょうか。これが携帯のメールになると、二時間が限度なのだそうです。二時間経っても返事が来ないとイライラしたり、ひどい場合はいじめの対象になったりする。便利な道具を持つことで、私たちはどんどん短気になり、他人が許せなくなっていく。まさに「機心」です。

またこんなふうにも考えられるでしょう。他人に代わってもらってよいことは、そうして効率よくやればよい。しかし、他人に代わってもらったのでは全く意味のないこともある。たとえば、食べること、排泄(はいせつ)すること、お風呂に入ること。面倒に思ったとしても、「ちょっと代わりに食べておいて」と人に頼んだところでどうしようもありません。このような、人に頼んでも意味がないことは全て自分で楽しんで遊びましょう、というのが荘子や禅の考え方です。

何かについて、これは人に頼めることだと思った瞬間から、人生の味は薄くなります。ハネツルベの老人で言えば、畑仕事を人に頼んだとして、では老人はその代わりに何をするのか——。

今の世の中は、仕事にしろ家庭のことにしろ、どんどん人に頼んでいく方向になっています。いわば分業社会です。その分業の限度を、どのあたりに設定するかが重要です。これ以上は他人や道具に任せきれないというところまで抑えないと、命そのものが持っている能力が他人や道具に奪われてしまいます。

和して唱えず

機心に搦(から)めとられない無為自然なあり方を説く物語の中で、最後に哀駘它(あいたいだ)という人物の話を紹介します。この人はじつに変わった人で、『荘子』に登場するさまざまな人物の中でもひときわ気になる存在です。

徳充符(とくじゅうふ)篇に次のように描かれています。

魯の哀公が仲尼(ちゅうじ)(孔子)に訊く。「衛(えい)の国の哀駘它という男は、ひどく醜いらしいが、不思議なことに一緒に住むと男でも離れられなくなるらしいし、女などは彼を見ただけで『誰かの妻になるよりあの人の妾になりたい』なんて両親にねだる始末。そんな妾候補は十人単位じゃきかず、今も増えてるらしいじゃないか。そしてどうも彼は、自分の考えなど主張することもなくただ相手の話に同調するだけ（未だ嘗て其の唱うるを聞く者あらず、常に人に和するのみ＝和して唱えず）。人の死を救ってあげられる権力があるわけじゃなし、人の飢えを満たす財力があるわけでもない。ほんとに見た目も醜くて、知識だって国内のことに限られるらしい。こんなありさまなのに、多くの男女がその前に集まってくるのは、これはきっと常人と違ったところが彼にあるのだろう」

〔魯の哀公、仲尼に問いて曰わく、衛に悪き人あり、哀駘它と曰う。丈夫のこれと処る者は思いて去ること能わず。婦人のこれを見て、父母に請いて、人の妻と為らんよりは寧ろ夫子の妾と為らんと曰う者、十数にして未だ止まず。未だ嘗て其の唱うるを聞く者あらず、常に人に和するのみ。人に君たるの位の以て人の死を済うなく、聚禄の以て人の腹を望すなし。又悪きを以て天下を駭かし、和して唱えず、知は四域より出でず。且而も雌雄も前に合まるは、是れ必ず人に異なる者あらん。〕（徳充符篇）

この物語でまず注目されるのは、「和して唱えず」という哀駘它のあり方でしょう。冒頭で漆に関連して述べた光の話にも通じますが、荘子は「自己主張する」ということは人為的でさかしらなことだと考えているようです。今の世の中ではおよそ考えられないことかもしれませんが、自分の考えなど主張することなく、ただ相手の話に同調するのがよいと言っています。「未だ嘗て其の唱うるを聞く者あらず、常に人に和するのみ」――つまり、こっちがこう言えば「うん、そうだね」と言い、あっちがああ言っても「うん、そうだね」とうなずく。お前の意見はどっちなんだ！　と言いたくなるかもしれませんが、荘子に言わせれば、人の考えや言葉というものはじつに頼りなく当てにならないものだから、突き詰めて言えば、どっちだってよいわけです。

また、この哀駘它の話からは、徳のある人は愚か者に見える、という視点も浮かび上がってくるでしょう。斉物論篇にはそのものずばり、「聖人は愚芚(ぐちゅん)なり」という言葉があります。

聖人は愚芚なり。万歳に参じて、一に純を成す。万物尽(ことごと)く然りとして、是(ぜ)を以て相蘊(あいつつ)む。

「聖人は愚鈍で、一切を忘れる。悠久の変化に身を任せ、しかも只一筋に純粋な道を守り通す。万物をあるがままによしとし、あたたかい是認の心でこれを包むのである」

「是を以て相蘊む」とは、肯定して歓迎するということです。批判的な議論は無意味なのです。男性にも女性にも哀駘它が人気なのは、彼が温かく包み込む力を持っているからでしょう。哀駘它はまた、自分の外見をも肯定しています。彼は非常に醜い見た目に生まれついたわけですが、そのことを誰かのせいだとは思っていません。哀駘它はそれを天命だと受け容れている。そして、自分の意見などあえて述べる必要はないと思っているのです。

アピールしないことが徳である

この哀駘它の話に関連して、荘子の理想とする人格を他のエピソードからも拾ってみます。逍遥遊篇に次の一文があります。

至人は己れなく、神人（あるいは真人）は功なく、聖人は名なし。

「至人には私心がなく、神人（真人）には功を立てようとする心がなく、聖人には名を得ようとする心がない」というものですが、これはまさに、現代で言うところの「没主観」に通じます。

また、ここから読み取れるのは、どんなに素晴らしいことでも意識的であってはいけないということです。意識的であるとはすでに己であり、功や名にも通じてしまうからです。以前一部を引用しましたが斉物論篇にはこうあります。

道は昭かなれば而ち道ならず。言は弁ずれば而ち及ばず。仁は常なれば而ち周からず。廉は清なれば而ち信ならず。

「はっきりと見えるものは道ではない。言葉というものもそれを論じてしまうともうだめだ。思いやりは必要だがいつも同じやり方では行きわたらない。清廉潔白も余りにも度が過ぎると偽善になる」

要するに、道、言、仁、廉といった大きな美徳も、それを積極的に主張し始めると悪徳に変わってしまうのです。本当の徳は主張しない。最高に素晴らしい人物は、それらしい地位にはいない。哀駘它の人徳の話からは、そんなことも感じ取ることができそうです。

＊1　司馬遷の『史記』

司馬遷（前一四五／前一三五～前八七？）は前漢の歴史家。官吏として武帝に仕えつつ、父の遺志を継ぎ中国最初の正史である『史記』全百三十巻を執筆。伝説の五帝から当代の武帝までの通史のほか、列伝には重要人物の伝記が綴られている。

＊2　梁の恵王

戦国時代の魏の王（在位前三七〇？～前三三五？）。都を大梁に遷したことから、『孟子』『荘子』や『史記』などでは「梁の恵王」とも表記されている。

＊3　斉の宣王

戦国時代の斉の王（在位前三一九？～前三〇一？）。学問を好み、斉の都には多くの学者が集まった。そのなかには孟子や荀子もいたとされる。

＊4　老子

春秋戦国時代の楚の思想家で、生没年不詳。道家の祖。その思想をまとめたとされる書が『老子』で、あるがままに生きることを真の道とし、無為自然を説いた。

＊5　前漢の武帝

前一五六～前八七。前漢の第七代皇帝（在位前一四一～前八七）。内政では儒教による思想統一を図り中央集権体制を確立。外政では周辺諸国を平定し支配領域を広げ、前漢の全盛期をもたらした。

＊6　孔子

前五五一？～前四七九。春秋時代の魯の学者・思想家で、儒教の祖。「仁」を根本とする政治や道徳を説き、その問答を死後に弟子たちが編纂した語録が『論語』となった。

＊7　蘇軾（蘇東坡）
一〇三六〜一一〇一。北宋の詩人・文学者。散文では唐宋八大家の一人に数えられ、韻文では宋代屈指の詩人とされる。代表作「赤壁賦」。

＊8　魯の哀公
?〜前四六八。春秋時代の魯の第二十五代君主（在位前四九四〜前四六八）。

＊9　儒家
孔子の教えを奉じる学派。諸子百家と呼ばれる、春秋戦国時代に輩出した多くの学者・学派を代表する一派で、孟子、荀子らによって発展した。

＊10　道家
老子を祖とし、荘子、列子（列御寇〔れつぎょこう〕）らが発展させた学派。儒家と並び諸子百家を代表する学派。

＊11　郭象
?〜三一二?　西晋の学者。西晋の王族である司馬越に仕えて権勢を振るう一方で、『荘子』について独自の解釈を深めた。著書に『荘子注』がある。

＊12　劉向
前七九?〜前八?　前漢の学者。読みは「りゅうこう」「りゅうしょう」とも。混乱していた宮中の図書の整理・校訂を行なった。

第2章——受け身こそ最強の主体性

人はどうすれば主体的になれるのか

　第2章のテーマは「受け身こそ最強の主体性」です。この「主体性」というものは、荘子の最大の関心事です。人はどうすれば主体的でありうるのか。荘子が説く答えは全く逆説的で、完全に受け身に徹した時こそ、それが可能になるというものです。これはどういうことなのか。今回はその極意を、禅との比較を交えながら読み解いてみたいと思います。

　荘子は、外側で起きる変化を全て受け容れられる柔軟さを持ってこそ、最も強い主体性が得られると説きました。変化を全て受け容れるには、あらゆる感情や判断、分別は邪魔になるので、そういうものも持たないことを勧めたわけです。そんなことが可能なのかと思ってしまいますが、じつは、この考え方は禅に大きな影響を与えています。

　禅に「主人公」という言葉があります。中国の瑞巌（ずいがん）和尚*1という方が毎日、自分に「主人公、主人公、目覚めているか」と呼びかけ「はい」と答えたというエピソードに由来する禅語ですが、この主人公とは、脇役に対する主人公の意味ではありません。自分の置かれた環境の中で自分を最大限に没入させることができる人、つまり、自分の意志などという人為を埋没させ、状況に完全に浸りきれる人＝主体的な人格という意味です。

これも、前章でご紹介した「没主観」につながります。

仏教では、禅定が智慧を生み出すとされます。それは「戒」「定」「慧」という三つ（三学）の流れで、自分の生命エネルギーを一つの方向に向けるために「戒」（善を修め悪を防ぐ戒律）があり、その向かった先で我をなくした状態である「定」（禅定＝三昧）に入り、その無我の状態、私というものが全くほどけてしまった状態になった時に、最も素晴らしい「慧」（智慧）が発揮できる――という理屈です。これと同じ考え方が、荘子においてもなされていたのです。

老荘思想と仏教の出会い

ここで、『荘子』と仏教の出会いについて、その歴史を概観しておきましょう。荘子が活躍したのは紀元前三〇〇年頃ですが、それから約三百年後、前漢と後漢のあいだ頃に、インドから中国に仏教が伝わったと言われています。その頃の中国は政治の時代、儒教優位の時代です。仏教はあまり中国人には浸透せず、異民族のあいだや周辺地域で信奉される程度だったようです。

仏教が中国に本格的に受容されるのは、魏晋南北朝時代（二二〇～五八九）になり、世の中のベースに老荘思想が強くなってくる頃です。政治への関心と儒教の人気、そして宗教・芸術への関心と老荘の人気は、ほぼ比例します。儒教と老荘はもちろん反比例の関係ですから、時代の風が政治から宗教・芸術に移り、儒教よりも老荘思想に関心が移るにつれて、仏教も爆発的に広まっていきました。

外国の考え方が入ってくる時には、翻訳という作業が発生します。翻訳では、通常それまで何らかの意味で使われていた言葉を使って外来の新しい考えを伝えるわけですから、その言葉にもともと含まれていた思想が紛れ込んでしまうのは致し方ないことです。仏典の翻訳には、儒家の文献である『中庸』*2などからも用いられましたが、『老子』『荘子』『淮南子（えなんじ）』*3などからの言葉が多く使われました。そうなると当然、そこには老荘思想が強く流れ込むことになります。たとえば『般若心経』*4の「空」は、当初は老荘の「無」になぞらえて解釈されました。竺法温（じくほうおん）*5などは「空」を「心無義」、つまり受けとめる側の心が無ならば存在は空なのだと解釈しました。また支遁（しとん）*6は「色即是空」に当たる言葉を「即色遊玄」と訳しました。「空」を老子の「玄」で表し、全てが生まれる源だと解釈したのです。

こうした老荘的仏教は、インド人を父とする訳経僧鳩摩羅什（くまらじゅう）*7の出現によって大きく是正はされたものの、それで仏教の中国化がなくなったわけではありません。その後も両者に積極的な交流があったことは間違いなく、ついに六世紀に、最も中国らしい仏教である禅が出現するのです。

『荘子』から禅へ

中国禅宗の開祖とされる達磨（だるま）*8はインドの人ですが、その教えを受けとめた嵩山（すうざん）*9はもともと道家の本拠地でした。ことに体験的直観を重んじる禅は、言葉を「風波」と侮蔑（ぶべつ）し、「精を貴び」「神を養う」（いずれも刻意（こくい）篇）『荘子』とじつに相性がよかったのです。荘子の説く「精」や「神」とは、恬淡（てんたん）無為にして初めて生じる人間の直観力、あるいは純化された生命エネルギーそのものと言ってよいでしょう。

禅の広がりとともに、仏教の中国化が進むうえでもう一つの大きな変化がありました。農耕など労働の解禁です。もともとインドの仏教では、食べ物は托鉢（たくはつ）で得るものとされ、農耕は基本的に禁じられていました。畑を耕すことは土の中の生き物を殺すことになる（殺生である）という考えからです。しかし、中国には托鉢という慣習がないので、食べ物は自給自足するしかありません。ことに道教の影響を受けた禅宗の場合、寺院を山奥に建立することが多かったため、本来は破戒であっても自ら畑を耕すしかなく、やがて農耕が解禁されていったのです。しかし、インドでは許されていなかったことを中国では無条件に許すというのでは、教えや規律が緩んでしまいます。そこで考えられたのが、肉や魚などのナマグサは食べないというあり方です。本来、「精進料理」という言葉にナマグサを使わないという意味合いはありませんし、インドでも全く食べなかったわけではありません。しかし中国では、ナマグサを頑なに拒否する仏教が生まれたのです。

このようにして、労働を認め、ナマグサを拒否しつつ、中国独自の仏教文化が花開いていきました。インドにおいては観念論的な思想であった仏教が、中国においては生活の中の実践哲学となっていったわけですが、その際に老荘思想が果たした役割は非常に大きいと思います。

唐代に入り禅宗が隆盛を極めるようになると、荘子の評価も一層高まりました。唐の第六代皇帝玄宗(げんそう)[*10]は『荘子』も仏教もよく学んだ人ですが、天宝元（七四二）年には荘子に南華真人(なんかしんじん)という号を与え、『荘子』のことは『南華真経(なんかしんきょう)』と呼んで道教の聖典に加えました。こうして荘子の神格化が進んだのです。

ちなみに、日本においては聖徳太子[*11]の時代にすでに、儒教、仏教、道教の影響が見られます。聖徳太子が定めた冠位十二階[*12]の最上位である大徳は「麻卑兜吉寐(まひときみ)」とも呼ばれますが、これは『荘子』に出てくる真人(しんじん)に由来します。また、大徳に対応する色は紫とされました。紫は道教で好まれる色ですから、ここにも道教の影響が見られます。

また、天武天皇[*13]は、『古事記』『日本書紀』の編纂を命じ、お辞儀（立礼）を正式な挨拶と決めるなど、さまざまな面で日本という国のあり方の基礎をつくったと言われる人物ですが、彼もまた儒教、仏教、道教をよく学んでいたとされています。

坐禅と坐忘

『荘子』と禅の共通性をさらに具体的に見ていきましょう。

禅と聞くと、坐禅を思い浮かべる方が多いかもしれません。じつは、この坐禅にきわめて近い「坐忘」という言葉が大宗師篇に出てくるのですが、その前にまず、斉物論篇の冒頭にある南郭子綦のエピソードを紹介します。

南郭子綦、几に隠りて坐し、天を仰いで嘘（息）す。嗒焉として其の耦（偶）を喪るるに似たり。

「南郭子綦が坐したまま机に寄りかかり、天を仰いで太い息をはいた。茫然としてまるで一切の相手の存在を忘れたかのようである」

この様子を見た弟子がどうしたのかと訊くと、南郭子綦は「吾れは我れを喪る」と答えます。自分の存在を忘れたのだというのですが、注目したいのは、同じ「われ」という言葉に対して「吾れ」「我れ」と、二つの漢字を使い分けている点です。後者の「我」という字は、もともとノコギリを意味しました。この字を「私」という意味に使うようになったため、のちに「鋸」という字が作られたとも言われますが、つまり「我」とは、全体から部分を切り取ることによって生まれるものなのです。これを「喪る」わけですから、南郭子綦は全体から部分を切り取ることをやめた、命の全体性に戻ったということを意味します。これがすなわち「坐忘」ですが、大宗師篇では次のように記されています。

枝体(したい)を堕(こぼ)ち聡明を黜(しりぞ)け、形を離れ知を去りて、大通に同(どう)ず、此れを坐忘と謂う。

「手足や体の感覚もなくなり、耳や眼からの感覚にも振り回されず、いわばこの肉体から離れ、知のはたらきからも無縁になって、あの大きく全体に通じる力と一体になる、それこそが坐忘だろう」と言うのですが、荘子はこれを、孔子の弟子である顔回(がんかい)*14が、「自分に進境があった」と孔子に報告する形で書いています。よほど孔子に坐忘を教えたかったのでしょうか、非常に面白い書き方です。

また、耳からの情報に敏感であることが「聡」、目からの情報に敏感なことが「明」で、「聡明」は通常はよい意味で使われる言葉ですが、荘子はそうであってはいけないと言います。感覚を信じてはいけない、本質的な命のあり方に戻るのだ、進歩ではなく退歩しなければいけない――というわけです。先ほど、「精を貴び」「神を養う」という表現を刻意篇から引きましたが、それに当てはめて言えば、あてにならない「風波」である言葉から「精」や「神」まで戻れ、ということです。言葉や思考は、直観力である精や神を惑わせるものだから、恬淡無為にして初めて生じる人間の直観力こそが大事だと言っているのです。

禅の世界でもこれは同じです。天から授かった命そのものを「天真(てんしん)」と言いますが、これを使った禅語に「虚懐天真を養う」という言葉があります。「私の思いをなくして虚懐になることが命を養う」ということで、まさに荘子の考えと重なります。

ちなみに荘子は、坐って我を忘れる坐忘に対し、坐っていても心が走り回っている状態を「坐馳(ざち)」と呼んで区別しています(人間世篇(じんかんせいへん))。

「已むを得ず」の境地

『荘子』も禅も、我をなくすことが重要だと説きますが、これはすなわち、究極の受け身の姿勢です。私を離れ、命そのもの、自然そのものと一体になる。自然と一体になると言っても、こちらから自然をどうこうするわけではありません。私をなくすことで一体化するというのです。

　では、『荘子』は自然というものをどのように見ているのでしょうか。天道篇に、「天道は運りて積む所なし、故に万物成る」という言葉があります。「運りて積む所なし」とはどういうことかと言うと、たとえば、コンピュータには膨大な量のデータを保管することができます。使えば使うほどデータがどんどん積もっていき、そのデータを分析やシミュレーションに使ったりするわけですが、そういうことを一切しないということです。「運りて」とは変化し続けるということですから、そこに物は積もりません。人間に置き換えて言えば、記憶しない、意志をもたないということでしょうか。自然が淀むことなく変化していく時に、完全に我をなくしてその変化に身を任せきる。仏教の言葉で言えば、世界は諸行無常に移り変わるから、こちらも無常になって変わっていく。荘子はそういう完全な受け身の生き方を推奨しているわけです。

　意志をもたないということは、これはよいと思って何かを捕まえることがあってはいけないということです。何かを捕まえることは、すなわち何かを逃すこと。禅の重要な言葉に「応に住する所なくしてその心を生ずべし」（応無所住而生其心）があります

（『金剛般若経』）。「住する」とは、何かにこだわること、そこに気持ちを向けて心が淀んでしまうことであり、それがなくなった時に初めて本当に活き活きした心が生ずるというのです。まさに「運りて積まず」です。

荘子は人間の意志を人為的なものとして否定していますが、よく考えてみると、これは非常に大胆な考え方です。自分の意志でないとしたら、人は何に従って行動するのでしょうか。刻意篇にこんな言葉があります。

感じて而る後に応じ、迫られて而る後に動き、已むを得ずして而る後に起ち、知と故とを去りて、天の理に循う。

つまり、自らの意志で動いたり変化したりするのではなく、周りが変化したので私も変化した、というのがよいというのです。まさに受け身です。現代の日本語でも使われる「やむをえず」という言葉の出典はまさにここなのですが、今ではネガティブな意味で使われるこの言葉が、完全に肯定的な意味で使われています。とにかく他からのはたらきかけを受けて初めてそれに応じ、迫られて初めて動き、已むを得ない状況になって初めて起ち上がる。こざかしい知恵や意志（人為）を捨てて、ただ天道自然の理に従うべきだ、と――。

また人間世篇には「宅を一にして已むを得ざるに寓すれば、則ち幾し」という言葉もあります。心の栖（＝宅）を一つにまとめ、已むを得ない行動以外に賢しらなはたらきかけをしないでいられるなら完璧に近い。「幾し」とは道に近いということです。要するに、ここでも已むを得ずというのが行動原理としては最高だと言っているのです。

日本語に「しあわせ」という言葉がありますが、そこには『荘子』や禅の受け身をよしとする考え方が強く生きているように感じられます。「しあわせ」は奈良時代には「為合」と表記しました。「為」は「する」という動詞ですが、その主語は「天」です。天が為すことに合わせるしかない。それが「しあわせ」という言葉の由来です。この言葉はほぼ「運命」と同じ意味でした。しかし室町時代になってくると、その表記が行為の「為」から仕事の「仕」に変わっていきました。「仕合」ですね。そうすると、今度は主語が人になってきます。「仕合」は「しあい」とも読みました。スポーツの対戦を今は「試合」と書きますが、もともとは、「相手がこうきたからこう仕合わせる」という意味でした。「しあい」も「しあわせ」もあくまでも受け身の対応力なのです。

「しあわせだなあ」というのは、思わぬことが起こったけれど、なんとか仕合わせることができてよかった、ということ。自分の意志で事前に立てる計画とは無縁の世界、完全に受け身の結果なのです。

全てを受け容れて楽しむ

荘子は、本当の主体性はいかにして得られるのかを考え、それは完全な受け身に徹した時だと説きました。じつは脳科学の世界でも、人間に主体性はあるのかということが研究テーマになったことがあります。環境や周りの状況に関係のない、全くの「自由意志」なるものは存在するのか——という問いです。その研究の結果、答えは「ない」だったそうです。興味深いですね。

荘子はこれと同じことを、斉物論篇において、人間の影（景）と、その周りにできる薄い影（罔両〈うすかげ〉）の対話というユニークな設定の物語で示しています。


罔両が景に向かって問いかけた。

「あなたは、さっきは歩いていたのにもう立ち止まっている。坐っていたと思ったら今は立っている。なんとも節操がないじゃないですか」

すると景が答えた。

「私はべつに自分の考えでそうしているのではなくて、本体の動きのままに従っているだけだ。それに、現に私が言うことを聞いている本体だって、どうも何かに従って動いているだけらしい。私のこういう生き方が蛇の蛻とか蟬の抜け殻みたいなものをよすがにしているって？　そうであったとしても、そうでなかったとしても、理由なんか分からないね」

〔罔両、景に問いて曰わく、曩には子行き、今は子止まる。曩には子坐し、今は子起つ。何ぞ其れ特操なきやと。景曰わく、吾れは待つ有りて然る者か。吾が待つ所は又た待つ有りて然る者か。吾れは蛇蚹・蜩翼を待つか。悪くんぞ然る所以を識らん、悪くんぞ然らざる所以を識らんと。〕

（斉物論篇）

これはじつに痛快な対話です。罔両が景に従い、景が本体に従うのは当然のことでしょう。ところが景の発言によれば、本体だってべつに自分の意志で動いているわけではなく、状況の変化に従って身を任せているだけだと言うのです。ここで「待つ」とは完全に従順な受容の意味で使われています。

完全に身を任せられることこそ、完全な主体性の確立である――これは真の自立が、じつは依存できることだという精神分析学の認識にも似通っていると言えるでしょう。

このような、ちっぽけな主体性などはどこにもないという話は、通常はあくまでも観念論的な説話として終わるのが関の山でしょう。しかし、それを徹底して具体的に説くのが『荘子』です。「人間の形」を引き合いにして、自然の変化には従うしかないということを語った大宗師篇の一節も紹介しましょう。

特だ人の形に犯（范）して、而も猶おこれを喜ぶ。人の形の若き者は、万化して未だ始めより極まりあらざるなり。其の楽しみたるや、勝げて計うべけんや。

「人はただ人間という形に嵌って生まれたことを喜んでいるけれど、今のこの人間の形など、次々に変化して窮まりないものだ。その変化に対処することで得られる楽しみこそ計り知れないものじゃないか」

また同じ大宗師篇で、荘子は病気になった子輿にこんなことを言わせています。

「背中はひどく曲がって盛り上がり、内臓は頭の上にきて頤はヘソのあたりに隠れ、両肩は頭の天辺よりも高く、頭髪の髻は天を指している。およそ人間と言えそうもないこんな様子だが、俺は造化のはたらきを憎みはしないよ。いや、天がさらに俺の左腕をオンドリにしてしまうというなら、時を告げて鳴いてやろうじゃないか。また俺の右腕を弾にしてしまうというなら、今度はその弾になりきって、炙り肉にする鴞でも落としてやるさ」

左腕をオンドリにする、右腕を弾にするとはなんとも突飛なたとえですが、要は自分にどんな変化が訪れようと、それを運命として受け容れ、成ったものに成りきって楽しむと言っているわけです。自然の変化に従うとは生まれ変わりについても言えることです。命とは単に無限の変化を繰り返しているだけのものなのだ、という透徹した認識がそこにはあります。

理想は「何も待たない」

どんな変化にも従うということは、「何か特定のことを待たない」ということでもあります。

逍遥遊篇に、風を「待つ」列子（れっし）*15のエピソードがあります。荘子は、列子は自由に風に乗って十五日も飛んでいることができ、福にもあくせくせず、自分で歩く煩わしさからも解放されて素晴らしい、と言います。しかし、「猶（な）お待つ所の者あるなり」、つまり風を「待つ」（期待する、頼る）ことで初めて飛べるわけだから、そのあたりがまだまだだな、と続けます。荘子の理想は、何も待たない（期待しない、頼らない）ことなのです。

この「待つ」あり方に関連して、斉物論篇に、「人籟（じんらい）」「地籟（ちらい）」「天籟（てんらい）」という言葉が出てきます。人籟とは笛のことで、人の息を待って鳴る。地籟は大地のことで、風を待って鳴る。最も素晴らしいのは、万物のもちまえを響かせるような、無のはたらきとしての天籟です。たとえば風のお陰で飛んだというような、何かのお陰でそうなったというものが見えないために、そのもの自体にその力があると見える。天籟で重要なのはそこで、それがすなわち、「もちまえ」を発揮するということになります（「もちまえ」については第3章で詳述します）。

天籟とは非常に面白い言葉ですが、仏教で言う「縁起」に近いものかもしれません。全てのことは原因との縁（関係）によって起こる。「私」というものも無限の関係性の中にある。そこでたまたま私のもちまえが発揮される――それが天籟です。

敢えて言えば、主体的に生きるには何も待たないことが肝要ですが、どうしても待つしかないのが「天」と「命」と「自然」です。これらは待つしかないし、従うしかありません。言い換えれば、それだけを待てばよいのです。

過去も未来も追い求めない

そして荘子は、自分の妻の死という、いわば最も悲しい変化をも天命として受け容れました。

至楽篇によると、弁論の好敵手だった恵施（恵子）[*16]が荘子の妻の死の報に接して弔問に行くと、荘子はあぐらをかき、土の瓶（盆）を叩いて歌っていました。呆れる恵施に、荘子は言います。

「初めは悲しかったけれど、命というもののそもそもの始まりを考えてみれば、もともとおぼろでとらえどころのない状態でまじりあっていたわけだ。それがやがて変化して氣ができ、すべてが変化して形ができて、その形が変化して生命ができた。それが今また変化して死へと帰っていく。いわば四季のめぐりと同じで、妻は天地という巨きな部屋で安らかに眠ろうとしているんだよ。それが命の道理だし、だから大声をはりあげて哭くのはやめたんだ」

この、「初めは悲しかったけれど」というのが重要ですね。妻が亡くなったらもちろん悲しいし、泣きもする。でも、それがずっと続くようではいけない。生も死も自然の変化の一環なのだから、受け容れるしかない。何日も泣き叫ぶのは天命を受け容れない態度だというのです。

同時にここには、荘子の儒教に対する反発もあるように感じます。儒家には冠婚葬祭（礼楽）で葬儀運営を生業とする人たちが多く、喪に服す時の形というものをなにかと細かく決めていました。一番悲しい時にはすすり泣くだけでは不充分で、声をあげて泣かなければ（哭さなければ）いけないというように。そんな形式に従いたくないという気分が荘子にはあったと思います。悲しい時にも形式に従えるならば、それは本当の悲しさではないだろう、ということです。

このように受け身の姿勢を徹底していくと、「未来」というものに対する、ある態度につながります。それは、未来を憂えない、予測しない、計画しないということです。これが最もはっきり表れているのが、荘子が『論語』になぞらえて書いた、人間世篇の物語でしょう。孔子の『論語』に「往く者は諫むべからず、来る者は猶追うべし」とあるところを、荘子は「来世は待つべからず、往世は追うべからざるなり」としました。過去はもはや致し方ないにしても未来には思いをはせた方がよいと考える孔子と、未来にも何も期待しない方がよいという荘子。その違いが鮮明に表れています。

儒教的な考えの中では、目標や計画が重視されますが、荘子においてそれらは、思い込みと予断に過ぎません。禅もこれと同じ立場です。「前後際断せよ」と言いますが、これは前と後ろをその際で断て、そして今に没頭せよ、ということです。今に没頭するということは過去からも未来からも離れて三昧（定）になること。そこから智慧（慧）が湧き出るのです。

今、ビジネスやスポーツの世界では「目標」ということが当然のように言われます。達成すべき目標を社員や選手自身が決め、その達成度を上司や監督が評価するという目標管理のシステムまで横行しています。荘子ならばおそらく、「そりゃあお好きにすればいいですけど、命を縮めますよ」と言うのではないか。やればできるかもしれない。でも、そんなことをして何になるのか。命を痛めつけて名を得るのか。荘子は首をかしげて嗤うのではないでしょうか。

何もないことを遊ぶ

この章の最後にもう一つ、私が非常に痛快だと感じている言葉を応帝王篇から紹介します。「不測に立ちて無有に遊ぶ」。これにはあまりに感激して、中国を訪れた時にこの言葉を彫った判子まで作ってしまったほどです。陽子居と老子の問答の中に出てくる一節で、明王（懸命な君主）の政治を問う陽子居に対し、老子が最後にこう言うのです。

明王の治は、功は天下を蓋えども、己れよりせざるに似たり。化は万物に貸せども、而も民恃まず。有れども名を挙ぐる莫く、物をして自ずから喜ばしむ。不測に立ちて無有に遊ぶ者なり。

「為政者の仕事の効果は天下を覆っていながら、しかもそれを為政者のお陰とは思わない。教化感化は万人に及びながらも、人々はなにゆえの変化か知らないから何かを頼ることもない。政治の力ははっきりありながらしかも気づかれず、人は自然に喜んで暮らしている。明王とは、どう変化するか先の予測がつかない状態で、人がそれと気づかないあり方を遊ぶ存在なのである」

これはまさに、未来を憂えない生活の指針だと言えるでしょう。道徳を掲げ、一定の目標を現実に引き寄せようともがくのではなく、とりあえず現実を容認し、それに順応していく。荘子に言わせれば、予測とはまさに人為であり、人を不自由にするものです。むしろ不測に立ち、何も予測せず無心でいることが一番強いのです。

このことが最もはっきりと分かるのが武道の世界です。柔道でも剣道でも、試合で相手と対峙した時、相手がどんな動きをするかシミュレーションするよりも、無心でいる方が強い。予測と違った動きをされた時の反応の遅れは致命的です。何も考えていないというのが、最も速やかに対応できる状態であり、それが強さになるわけです。

「不測に立ちて無有に遊ぶ」。荘子によると明王はこれで国を治めたと言いますが、もちろん実際の政治においてはありえない考え方でしょう。政治の仕事とは予算を立ててそれを執行することです。予算を立てるということは、まだ起きていないことを予測し、実現の計画を立てるわけです。そこで「不測に立ちて無有に遊ぶ」を実践することは難しい。ただ、個人においては、考えてみる価値は充分にあるのではないでしょうか。今の日本では、仕事でも家族のスケジュールでも、誰もが計画を立てすぎているように感じることがあります。いろいろなことがあまりにも細かく決まっているため、氣で感じるとか、直観に導かれるといった機会がないのではないでしょうか。

「無有に遊ぶ」に込められた意味は、未来はここにはないのだから、「ないという今を遊ぶ」ということです。多くの人は、今日やるべきことが終わると、明日やることをつい引き寄せてしまいます。「明日できることは今日やらない」という強い信念がないと、人間は深くは休めない。「無有に遊ぶ」とは、忙しい現代の私たちにとっても優れて大事な教えなのです。

＊1　瑞巌
瑞巌師彦。『無門関』第十二則に登場する唐代の禅僧。生没年未詳。

＊2　『中庸』
儒教の経書「四書」の一つ。もとは『礼記』の一部だったが、宋代にこれを独立させて研究する者が多く出たため、朱熹（朱子）が注釈をつけて四書に加えた。孔子の孫である子思の作と伝わるが、異論もある。

＊3　『淮南子』
前漢の淮南王劉安（前一七九？〜前一二二）が編纂させた論文集。老荘思想を中心に、儒家・兵家・法家などの思想を取り入れ、治乱興亡や古代中国人の宇宙観などを記す。

＊4　『般若心経』
大乗仏典の一つ。数種の漢訳があるが、唐の玄奘三蔵訳の二百六十二文字から成るものが有名。空の教えなど般若経の神髄を説く。

＊5、6　竺法温、支遁
いずれも東晋の僧侶。サンスクリット語の「シューニャター（空性）」を、老荘思想に基づいて解釈した。

＊7　鳩摩羅什
三四四？〜四一三？　亀茲（クチャ、現在の新疆ウイグル自治区に存在した王国）出身の訳経僧。父はインド人、母は亀茲王の妹。インドで仏教を修めたのち、長安に迎えられ「法華経」「阿弥陀経」「維摩経」など三十五部三百巻余りの仏典を漢訳。老荘などの伝統思想にあてはめて仏教を理解する「格義仏教」を正した。

＊8　達磨
？〜五三〇？　禅宗の始祖。南インドの国王の第三子と伝えられ、六世紀初頭に中国に渡り、洛陽の近くの嵩山少林寺で二祖慧可に法を伝え

たとされる。

＊9　嵩山
中国河南省鄭州にある山。中国五岳の一つで、標高一四四〇メートル。山中には古刹が多く、北魏の時代に建立された嵩岳寺や、達磨が坐禅を組み、少林寺拳法の発祥の地でもある少林寺などがある。

＊10　玄宗
六八五〜七六二（在位七一二〜七五六）。唐朝中興の主。晩年は楊貴妃を寵愛し、七五五〜七六三年の安史の乱を招き、唐朝衰退のきっかけをつくった。

＊11　聖徳太子
五七四〜六二二。厩戸王。叔母の推古天皇の即位とともに皇太子となり、摂政として内政、外交、仏教の興隆に尽力。冠位十二階・十七条憲法を制定、遣隋使を派遣、法隆寺などの寺院建立や国史編纂などを行なった。

＊12　冠位十二階
日本で最初の冠位制度。六〇三年に聖徳太子・蘇我馬子らが制定し、冠の色によって階級を表す。儒教の徳目である徳・仁・礼・信・義・智をそれぞれ大・小に分けて十二階とした。

＊13　天武天皇
？〜六八六（在位六七三〜六八六）。兄である天智天皇の死後、その子である大友皇子を壬申の乱で破り、飛鳥浄御原宮で即位。冠位の改定を行ない、律令の制定、国史編修などを開始して、天皇親政を推し進めた。

＊14　顔回
前五一四？〜前四八三？　春秋時代の魯の学者。孔子が将来を嘱望し、孔門十哲の一人に数えられる弟子であったが夭折し、孔子はひどく落胆したとされる。

＊15　列子

春秋戦国時代の道家の思想家。『史記』にも伝記がなく生没年など不詳だが、老子よりあと、荘子より前の人と言われる。名は御寇。寓話による語りを用いた著書『列子』があるが、現存するものは後代の偽作とも言われる。

＊16　恵施（恵子）

前三七〇？～前三一〇？　戦国時代の思想家で、名家に属する。宋に生まれ、魏の恵王・襄王に仕えた。人間の認識の相対性を説き、荘子に影響を与えたとも言われる。

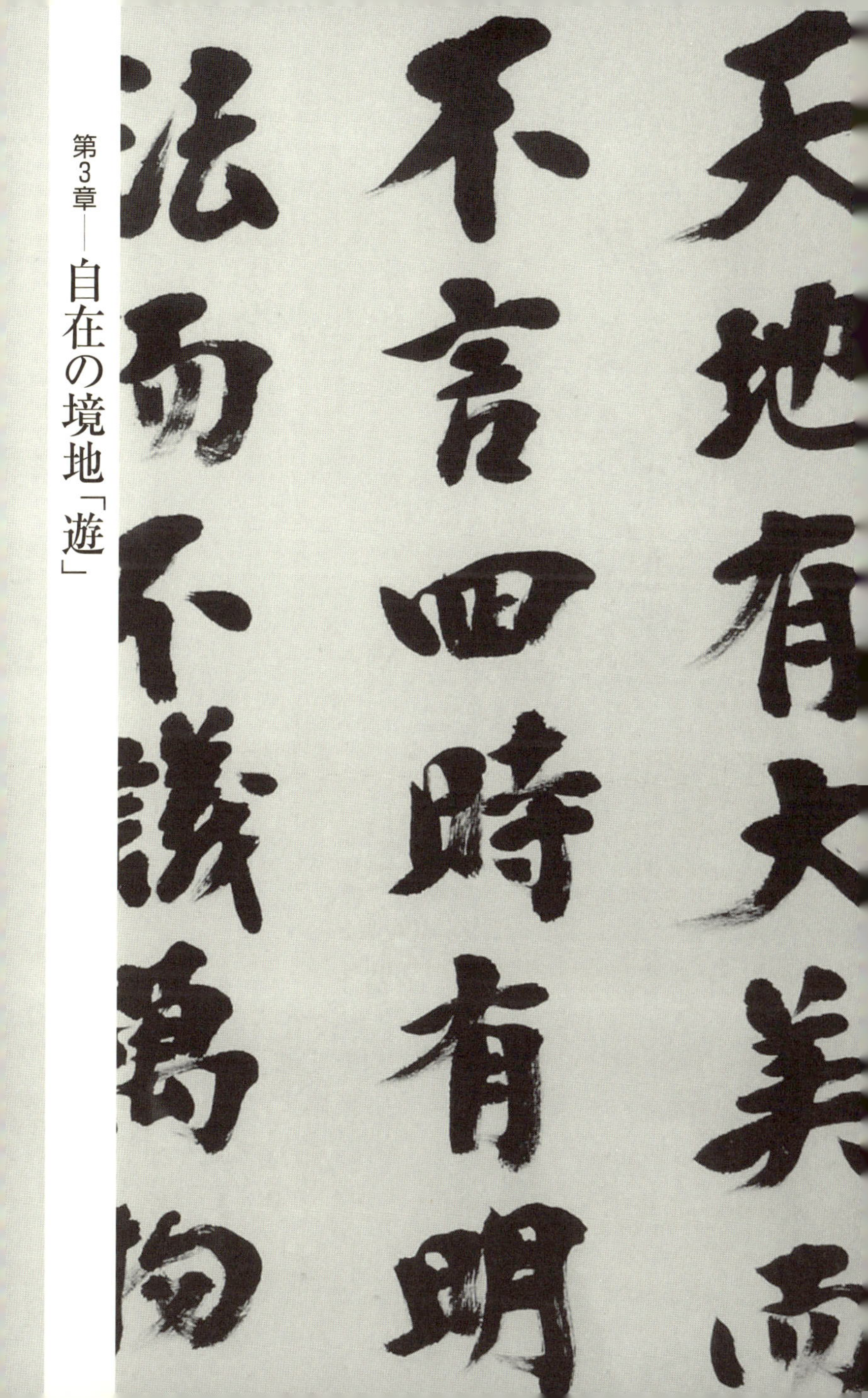
天地有大美
不言四時有明
法而不議萬物

分かるとは、忘れること

前章の結びで、「不測に立ちて無有に遊ぶ」という言葉を紹介しましたが、荘子の思想の面白さが最も鮮やかに表れるのが、ここに含まれる「遊」というコンセプトです。外物篇に「至人は乃ち能く世に遊びて僻せず、人に順いて己れを失わず」という言葉があります。「遊ぶ」はもともと「神」しか主語になれない動詞だったようですが、荘子は「人間だって遊ぼうよ、人間も遊に復帰しよう」と考えました。ちなみにこの「遊」という発想は、老子にはないものです。

「遊」とは端的に言うと、時間と空間に縛られない世界のことです。『荘子』では、たとえば、何物にもとらわれることのない無意識の境地であったり、役立たずだと思っていたものがじつは大きな価値を持っているという「無用の用」であったり、変えようのない互いの「もちまえ」を認めあうあり方であったりします。

まずは、自在の境地に遊ぶ料理人庖丁のエピソードを、養生主篇から紹介してみましょう。

庖丁は魏の恵王[*1]（文恵君）のために牛を料理していました。その牛刀さばきは音楽的とも言えるほど見事なもので、「譆、善いかな」と感嘆する恵王に、庖丁は自分が求めているのは技ではなく道なのだと言って、次のように語ります。
「牛の解体をしはじめた時、目に映るのは牛ばかり（どこから手をつけたらいいのか分かりません）でしたが、三年経つともう牛の全体は目につかなくなりました。近頃では、どうやら精神で牛に向き合っているらしく、目で見ているのではありません。感覚器官による知覚のはたらきは止み、精神の自然な活動だけが行なわれているのです。自然の筋目（天理）に従うと、牛刀は大きな隙間に入り、大きな空洞に沿って走り、牛の体の必然に従って進みます。牛刀が靭帯（じんたい）や腱（けん）にぶつかることもありませんし、大きな骨にぶつかることは尚更ありません」

さらに庖丁は、自分の牛刀は刃こぼれもせず、もう十九年も長保ちしていると告げます。道を求め続けた庖丁には、刃先の厚みより遥かに広く、肉と骨の隙間が見える。だから刃を遊ばせるほどの余裕があるし、牛刀を動かすのもわずかで済むというのです。この名人とも言える境地は、たとえば野球で、バットで球を打つ瞬間に、小さく速いはずの球が大きく止まって見える、というのに近いものかもしれません。

庖丁は、感覚ではなく心で牛と向き合っている。そして牛刀は、自然の筋目に従って動いている。この時、庖丁自身の「私」というものはなくなっています。つまり、無意識である時にこそ、牛を扱う方法を最もよく分かっているわけです。

「遊」を考える時に、この「無意識である」ということは重要な要素になります。これは禅にも共通する認識ですが、言葉とはじつに中途半端で限界があるもので、それを扱っているのが意識です。そんな意識ではなく、無意識の方がじつはいろんなことをよく知っている。だから「直観が大事なのだ」となるのです。

　無意識になるための方法は、反復練習しかありません。どんな行為も、それを何度も繰り返すことで無意識にできるようになります。ですから、茶道や華道など「道」のつくものには反復練習がつきものなのです。要するに、理屈は忘れる。忘れた時に、身に付く。逆に言えば、身に付いたら頭に置いておく必要がないので忘れるわけです。忘れることが、本当に分かるということなのです。

良寛と芭蕉に見る無意識

　この庖丁のエピソードに限らず、身に付けて忘れることとの大切さは『荘子』のあちこちに出てきます。外物篇に「魚を得て筌を忘る」という話があります。「魚を捕らえるための筌（魚笱）は、魚が捕まったらもう要らない」という意味ですが、荘子はさらに、意味を伝える言葉も伝え終えたら忘れるべきだとして、「夫の言を忘るるの人」と話したいものだと続けます。言質を取り合って議論する議員さんとはエライ違いですね。

魚を捕っても道具はとっておきたい、用は済んだはずなのに手放したくないというのはある種の執着でしょう。「運(めぐ)りて積まず」ではなく、それは積んで澱(よど)むということです。

『荘子』を愛読したと言われる良寛[*2]にも、忘れること（無意識）をよしとする「遊」の境地を思わせる部分があります。『良寛戒語』の中に、悟り臭き話、学者臭き話、茶人臭き話、風雅臭き話、といったものがあります。学者であること、茶人であることなどの匂いを引きずっているのはよくないという話です。仏教では「色即是空」だけでなく「空即是空」とも言いますが、空に至ったらそのこともすぐに無化しなければいけない。至ったことの跡形をなくすことは禅で「没蹤跡(もっしょうせき)」と言いますが、茶人臭いというのは、その道に通じた跡を何かしら示したいということでしょう。茶人であることを忘れていないから茶人臭い。洗濯で言えば、石けんで洗ってきれいになったけれども、まだ何か石けん臭い。そんな、濯(すす)ぎの足りないちょっといやな状態のことです。

何かができることを忘れる。忘れた状態でできる。『荘子』も禅も、そうした無意識の命の躍動というものを大きなテーマにしています。松尾芭蕉[*3]も『荘子』が大好きだった人物ですが、その芭蕉が臨済宗の仏頂(ぶっちょう)和尚[*4]という人に参禅していた時の記録を、禅を海外に広めた仏教学者の鈴木大拙（だいせつ）*5が紹介しています。それによると、芭蕉が江戸の深川に住み始めた頃、仏頂和尚がふらりとやってきて、「今日（こんにち）のこと如何（いかん）」と問いかけたそうです。これに芭蕉は「雨過ぎて青苔うるおう」（雨が降って苔が青々としてきれいですよ）と答えました。ところが仏頂和尚は、そんなことを訊いているわけではないとして、「青苔うるおう以前の仏法如何」と問い直します。そこで、芭蕉はしばらく考えて「蛙（かわず）飛びこむ水の音」と答えた。これに「古池や」をつけた俳句が彼の出世作になるわけですが、この「蛙飛びこむ水の音」とは何なのかと考えると、無意識の命の躍動です。鈴木大拙は英語で行なった講演の中で、これを「unconscious life impulse」と言っています。

では、なぜ「蛙飛びこむ水の音」が無意識の命の躍動なのかというと、この言葉からは蛙が何のために水に飛び込んだのか、飛び込んでどうするのか、蛙の意識というものが分からないからです。しかも、蛙が飛び込んだことを芭蕉が知ったのは、突然の音によってです。今にも飛び込みそうな蛙をじっと見ていたわけではない。つまり予測していなかったわけですから、芭蕉も無意識だったのです。その時まさに命が躍動した。そこに感動があったのです。

そう考えて芭蕉の句を読み直してみると、たとえば「よく見れば薺（なずな）花咲く垣根かな」

にしても、「夏草や兵どもが夢の跡」にしても、そこには旺盛な生命力というものが謳われています。「五月雨をあつめて早し最上川」や「あらたふと青葉若葉の日の光」でも、芭蕉はそこに命の躍動を見ている。しかも、その躍動が期せずして感じられた時、因果を離れて現れた時に、それを讃えていることが分かります。

役立たずが役に立つ

「遊」のもう一つの大きな要素として、「用」を離れるということがあります。いわゆる「無用の用」ですね。これをテーマとするような話が『荘子』にはいくつもあるのですが、まず紹介したいのは、逍遥遊篇の瓢や樗という木の話です。

荘子の論敵であった恵施が魏王から種をもらって瓢箪を育てたところ、なんと五石も入るほどの巨大な実がなり、それで飲み物を飲もうとしても重くて持ち上がらず、二つに割って柄杓にしようとしたら浅くて汲めない。大きいばかりで何の役にも立たないので、捨ててしまったと言います。

荘子は「まったく君は大きいものが使いこなせない奴だな」と嘆き、あれこれ言ってから、「大きな川や湖にでも浮かべて、その瓢で舟遊びでもすればいいじゃないか」と皮肉な提言をします。

恵施は、家には樗の木もあると荘子に言いました。これも巨大で、瘤だらけの幹には墨縄も当てられず、小枝も曲がりくねって指矩も使えない。要するに大工さんが使う建材にはならないわけですが、それは恵施が荘子の物言いを批判するための喩えでもありました。つまり荘子の話は、樗のように巨大なばかりでとりとめがなく、役に立たないではないかというのです。

それに対して荘子は、山猫や鼬や巨大な牛をもちだして返答します。山猫や鼬はネズミを獲るが、その能力のために罠にかかって死ぬことも多い。しかし巨大な牛は、ネズミは獲らないが罠にもかからない。役に立たないからこそ長生きできるのだ。だから、巨大で長生きの樗の木も、その下で昼寝でもすればいいだろう、と嘯いたのです。

これは、『老子』第二十二章にある「曲なれば則ち全し」を敷衍した物語だと考えられます。曲がりくねった木は役立たずであればこそ寿命を全うできる。荘子もこの立場に立ち、どうして君はそういう近視眼的な「用」しか考えられないのか、と恵施を批判しているのです。

同じような大木の話が、人間世篇では大工の棟梁である匠石とその弟子の物語として語られます。登場するのは櫟です。

匠石が、あるとき弟子を連れて斉の国を旅したところ、とてつもなく巨大な櫟の木を見ました。廟社のご神木であるその木は、なんと数千頭の牛を覆い隠すほど大きく、幹の太さは百かかえもあり、高さは山をも臨むほどでした。一番下の枝が地上数十メートルのところから四方に伸び、その枝さえ舟を造るのに充分な太さ。それが十本以上幹から出ていたというのです。

その木の下は見物人で賑わっていたようですが、どういうわけか匠石は、黙ってすたすた通り過ぎ、振り返ることもありません。つくづく感動して木を見上げていた弟子は、やがて追いつき、「こんな凄い木なのに、どうしてですか」と匠石に無関心の理由を訊ねます。

すると匠石は「つまらんことを言うな。あれは役立たずの木なんだ。舟を造れば沈むし、棺桶を作ればすぐに腐る。家具にしても壊れやすいし、建具にすれば脂（やに）が流れ出す。柱にすればすぐに虫が入るという、どうしようもない木なんだ。役立たずの木だからこそ、あんな大木になるまで長生きできたんだ」と答える。——と、ここまでは、さきほどの樗とほぼ同じ理屈で、老子の「曲則全」の延長です。大工の棟梁とすれば、役立たずの木に興味がもてなくとも仕方ないというものでしょう。

しかし荘子はなおも匠石を責め立てます。旅から帰ると、匠石の夢に例の櫟が現れ、次のように言うのです。

「お前はいったい、俺を何と比べているんだい。お前の役に立つ、きれいな建材になる木と比べているんだろうなぁ。柤や梨、蜜柑に柚、そういう実のなる木は、実ができるとむしり取られ、もぎ取られるために、大枝は折られ、小枝は引きちぎられる。これは、人の役に立つことで却って自分の身を苦しめているわけだろう。つまり寿命を全うできずに若死にするわけさ。進んで世俗に打ちのめされている。世の中って、そういうものだろう」

「そこで俺は、長いこと役立たずになることを願ってきた。その結果、大木になれたのだ。無用であることが、大木になるには有用だったたってことだ。もし俺が、役に立つ木だったらこんなに大きくはなれなかっただろうさ」

ここで、「無用」は一気に「大用」に転換します。ちなみに無用のものを「樗櫟」というのはこの二つの話から来ています。

では、荘子の主張をまとめてみます。

まず役に立つか立たないかという見方も浅薄ですが、世間がどうしてもそういうものである以上、世間的には「役立たず」を目指せ――ということになるでしょう。自ら進んで世俗の価値観に打ちのめされるのは、もういい加減にしたらどうかということです。

ご神木の櫟は、長いこと役立たずになりたいと願ってきたと言いますが、普通はなかなかそんなふうに思うことはできません。若い時は「有為な青年」などと誉められて喜ぶものです。しかし世間的な価値観に見切りをつける年頃になると、ようやく「無為」という価値があることに気づく。これが老子の提出した「無為」で、それを荘子はより具体的に描きだすのです。荘子は、「無為」を死後、あるいは観念上のこととは思っていませんから、たとえば「役立たず」と見える巨大な瓢や櫟にしても、舟遊びや昼寝という「遊」に伴えば、「無為を為す」老子の理想が実現できるのではないかと考えます。

第1章のハネツルベの逸話のところで「機心」というものに触れましたが、そうした効率を重視する考え方の中にも「用」は含まれるでしょう。荘子は、そんなところに身売りをしてはいけないと言っているのです。途方もないものになるためには、小さな用に振り回されてはいけない。世の中には、市場経済やGDPといった観点からは全く価値のないものがたくさんあります。坐禅だってそうです。でも、価値というものは果たしてそれだけですか、と荘子は問いかけるのです。

荘子の「自在」、西洋の「自由」

荘子の「遊」は何物にもとらわれない「自在」の境地から生まれるものですが、これは「自由」とは異なるものなのでしょうか。ここで、『荘子』で語られる「自在」と、西洋の思想が説く「自由」の違いについて少し考えてみたいと思います。

鍵になるのは、自在の「自」と、自由の「自」の意味の違いです。前者は「おのずから」と読み、後者は「みずから」と読む。自然の「自」なのか、自己の「自」なのかの違いです。自己（self）を意味する「自分」という言葉もありますが、これは「自然の分身」という意味で、非常に東洋的な考えを反映した言葉と言えます。分身というからには、自然そのものではありません。自分が自然になれるのは、一切の人為を離れて「私」を無くし、命の全体性に戻る時です。

西洋の「自由」が「みずから」勝ち取るものである一方で、「みずから」ではなく「おのずから」に任せる境地というものがたしかにある。それが、荘子の語る「自在」です。

ちなみに、東洋にも古くから「自由」という言葉はありました。最も古い出典は『後漢書』[6]で、わがまま（selfish）という悪い意味で使われていました。その言葉を換骨奪胎（かんこつだったい）し、隋の時代あたりから禅がよい意味で使うようになります。当初は六祖慧能（ろくそえのう）[7]や馬祖道一（ばそどういつ）[8]などが、だいたいは熟語で、「自由自在」「去来自由」などと用いました。新しい語彙（ごい）を使用したとはいえ、その根底にはやはり、荘子が唱えた自在の思想があるように感じます。

余談ですが、日本語には「おのずから」と同じ意味で「ひとりでに」という言葉があります。これは、『古事記』*9に登場する最初の五柱の神「独神（ひとりがみ）」に由来しています。天之御中主神（あめのみなかぬしのかみ）、高御産巣日神（たかみむすひのかみ）、神産巣日神（かむむすひのかみ）、宇摩志阿斯訶備比古遅神（うましあしかびひこぢのかみ）、天之常立神（あめのとこたちのかみ）の五柱ですが、これらの神々は対にならなくても子供が産めるのです。つまり、「ひとりでに」産んでしまう。そういう神が位の高い神としてまず発生し、そのあとに登場するのが、国生みで知られる伊邪那岐命（いざなきのみこと）と伊邪那美命（いざなみのみこと）です。

ありのままを受け容れる

「遊」とは、自分も他人もありのままを受け容れてこそ至れる境地でもあります。

秋水篇にこんなエピソードがあります。一本足の奇獣「夔（き）」は、無数の脚を操る「百足（むかで）」を羨（うらや）み、必死に歩く百足は、足もないのにスイスイ進む「ヘビ」を羨み、ヘビはひゅうっと唸（うな）るだけで移動できる「風」を羨み、風は手も足もないのに全てをとらえる「目」を羨み、目は見なくても全てを見通す「心」を羨む、というものです。

この物語の言わんとするところは、そもそも、それぞれ「天機の動く所」が違うのだから羨んでも仕方がない、ということでしょう。荘子は、人間社会もおよそ似たようなものだと、その愚かさを嗤（わら）っているに違いありません。

なにより「無為」であり「自然」であることを重視する荘子にすれば、万物それぞれが較べられない「天機の動く所」としてあります。それが「自然」であり、そこに手を加えないことが「素朴」であり「無為」なのです。禅ではこれを端的に、「柳は緑、花は紅」と言います。比較できないものを無理に比較するなという意味です。そして、これが「遊」の前提になるのです。天機の動く所、つまりそれぞれの「もちまえ」は変えようがない。そこを認めてこそ自在になれるのであり、「遊」も実現できるのです。

徳充符篇の「人間には情がない」というエピソードも同じことを言っています。恵施が荘子に、「人間にはもともと情はないものなんだろうか」と問うと、荘子は「ない」と答える。「情がなくてどうして人間と言えるのか」と返す恵施に対し、荘子は、「道から戴いた容貌と天から戴いた形だけで、もう充分人間だ、その『もちまえ』に従うだけだ」と言い放ちます。要は、分別や感情には流されないということです。好き嫌いは人間を大きく惑わせます。「もちまえ」を受け容れずに是非好悪を論じることは、ロジックを競い合う面白さはあるとしても、結局、自らの命の全体性を傷つけることになるのです。

禅の公案[*10]に、「至道無難（しどうぶなん）、唯嫌揀択（ゆいけんけんじゃく）」というものがあります。「道に至ることは難しくはない、ただ揀択（選り好み）さえしなければ」という意味で、好き嫌いを言わなければ道は難しくないということです。荘子の恵施に対する答えも、意図するところは同じです。

ところで「情がない」とは、一見悪い意味だと誤解しそうな言葉ですが、余計な情がないというあり方を荘子は非常に尊敬しています。その代表が、蟬です。庚桑楚篇に「唯虫能く虫たり、唯虫能く天たり」という一文があります。蟬は「私」なき者です。人間のような巧みさがない分、天に直結している。これを俳句で詠んだのが、芭蕉の「やがて死ぬけしきは見えず蟬の声」でしょう。蟬は死を恐れたりしないため、死ぬ直前までその「もちまえ」を発揮し、ミンミン、ジージーと鳴いているのです。

ありのままを受け容れるモデルとして、荘子は鏡というものも取り上げています。鏡の特徴として挙げられるのが、「将らず迎えず、応じて蔵せず」（応帝王篇）ということ。「将る」ということは、名残を惜しむこと、「迎える」ということは、楽しみに期待することで、そういうことを鏡はしないというわけです。ただ目の前に来たものに応じて、それをそのまま映す。しかも、記憶もしない。

知北遊篇では「将る所あるなく、迎うる所あるなし」という表現で、同じように、みずからは安らかでありながら全てを映し出す、鏡のような「遊」の境地が語られます。有名な「来る者は拒まず、去る者は追わず」にも似ていると言えるでしょう。これは孔子の弟子で礼を重んじた子夏(しか)[11]の系統の『春秋公羊伝(しゅんじゅうくようでん)』[12]の言葉ですが、結果としては似たような意味あいでも、『公羊伝』は礼の意識から言うのに対し、荘子の場合は少し違って、「愛着や期待を持たずに人を送ったり迎えたりできる自由な心がよい」という意味になります。さらに続けて、そのような自由な心は変化にも安住し、無変化にも安住できる(化に安んじ、化せざるに安んず)とまで言っています。

「もちまえ」とは何か、徳とは何か

荘子によれば、「遊」の前提となる「ありのまま」とは、それぞれがそれぞれの「もちまえ」を発揮している状態ということになります。「もちまえ」とは持って生まれた「性質(性)」のことで、天地篇にこうあります。

性脩(おさ)まれば徳に反(かえ)り、徳至れば初めに同ず。同ずれば乃(すなわ)ち虚、虚なれば乃ち大なり。

つまり、「性」を修めれば本来の「徳」に立ち返り、「徳」を全うすれば初めの無に同化する。同化すれば空虚(カラッポ)になり、空虚ならば無限大にも等しい、と荘子は言うのです。

ここで、荘子の言う「性（もちまえ）」とは何なのか、いま一歩踏み込んで考察してみたいと思います。

達生篇にこんな物語があります。大亀や鰐、魚やスッポンでも泳げないほど激しい水流の滝壺で泳いでいる男を孔子が見つけます。もしや自殺かと訝り、弟子たちに流れの岸に沿って救わせようとしたのですが、男は下流から上がってきてざんばら髪のまま鼻歌まじりに遊びだします。孔子は驚いて男に近づくと訊きました。

「鬼神かと思ったら人間じゃないか。ちょっと伺いたいのだが、こんな激しい水流を御するにはなにか秘訣でもあるのかね」

「いや、べつに秘訣なんかありませんが、私はただ故に始まり、性に長じ、そして命に成ったまでです。渦巻いたらその水とともに沈み、湧きあがる水につれて浮かびあがり、水の法則にただただ従って私を差し挟まないのです。まぁそれが、秘訣といえば秘訣ですかね」

孔子はさらに、「故に始まり、性に長じ、命に成る」という言葉の意味を尋ねます。すると男は、山間に生まれたので山間だと慣れていて安らぐという自分の下地が「故」で、水泳が得意で水にも慣れ親しんでいるのが「性」、またどうしてこうなったか知らぬまにこうして泳いでいるのだから、それが「命」なのだろうと言うのでした。

この水泳の名人の言葉によれば、生まれつきのものでなく、後天的に獲得したものでも無意識の領域に入ったものであれば、それは「もちまえ」だということになります。

次に、荘子の言う「徳」について見てみましょう。ここで重要になるのは、儒教で説かれる「徳」、つまり「道徳」とは異なるものだということです。儒教における道徳とは、あくまでも人間社会で円滑に過ごすためのあり方です。そこに動物は入っていません。これに対して、荘子の考えでは、人間も鳥獣も何もかもが仲良く同居している状態が「至徳の世」（馬蹄篇）です。人間も鳥獣も、それぞれがもちまえを発揮している状態が徳だというのです。儒教が人間だけの秩序を考えているのに対し、生き物全般も視野に入れている点が荘子の大きな特徴です。

斉物論篇に、正しい場所（正処）、正しい味（正味）、正しい色（正色）とは何かを問うユニークな物語があります。

たとえば、ドジョウは湿地が好きだけれど、そんなところにいたら人間は病気になってしまう。猿は高い木の上が好きで住んでいるけれど、そんなところには人間は怖くていられない。人間が住むところと、ドジョウが住むところ、猿が住むところ、どこが正しい住まいなんだろうか？　あるいは、人間は家畜の肉を食べ、鹿は草を食べ、百足はヘビがうまいと思い、トビやカラスはネズミを好んで食べる。どれが一番のごちそうなのだろうか？　また最後が面白いなと思うのですが、人間の世界で絶世の美女と言われる女性が近づくと、魚は深く潜って逃げ、鳥は飛び去り、鹿は一目散に逃げ出した。美しさって何だろう？　というのです。荘子は、仁義や是非や美醜などというものはわけが分からないほど手前勝手な規準だから、アテにできない――そう言っているのです。

このエピソードでも分かるように、「もちまえ」とは何かを考える時、荘子は明らかに人間以外の生き物も視野に入れています。ドジョウにはドジョウのもちまえがあり、猿には猿のもちまえがあるのです。

聖人の徳は泥棒の徳にもなる

荘子はまた、儒家の言う徳というものは、泥棒にも利用される道具のごときものにすぎないと言います。この考えは老子にもあるものです。『老子』第十八章に「大道廃(たいどうすた)れて仁義あり、智慧(ちえ)出(い)でて大偽(たいぎ)あり、六親(りくしん)和せずして孝慈あり、国家昏乱(こんらん)して忠臣あり」とあるように、老子は、心が通じ合っていることが最も大事なのであって、礼儀作法などというものは心が失われているからこそ大事にされるのだと主張しました。たとえば男女七歳にして席を同じうせず、というのはなぜなのか。これは、人を信用しないことから起こる予防的な考え方、つまり「性悪説」に立った考え方だと言うのです。

『荘子』の胠篋篇には、春秋時代の大泥棒、盗跖のことが大きく扱われています。子分が「盗にも亦た道あるか」と訊いた時、盗跖はこう答えました。

「何をしようったって道は必要に決まってるじゃねえか。俺たちにとっては、獲物のありかの見当をつけるのが聖の徳だ。真っ先に侵入するのが勇の徳だろ。そんでしんがりを守って引き上げるのが義の徳ってもんじゃねえか。進退を正しく見極めるのが智の徳だし、獲物を公平に山分けするのが仁の徳だ。この五つの徳を身につけずに大泥棒になった奴なんかいねぇんだよ」

要するに、乱世に徳を振りかざすと泥棒が利用するだけだ、と荘子は言いたいのでしょう。儒家の掲げた道徳は、そのまま泥棒の規範にもなる。人為的な道徳は善人と悪人の両方をつくってしまうため、『荘子』では「聖人生まれて大盗起こる」（胠篋篇）となってしまうのです。そうではなく、人間本来のもちまえを発揮することこそが徳なのだと荘子は主張しました。これは、儒家が主張する徳へのアンチテーゼでもあります。

荘子が唱えた「性脩まる」は、のちに、禅における「見性成仏」に受け継がれます。「見性」は「性（もちまえ）を見る」と読んでしまいがちですが、「見」は「現」という意味です。要するに、禅の目指す究極は、荘子の考えと同じく、「もちまえを現す」ことなのです。

＊1　恵王
39ページの注参照。

＊2　良寛
一七五八〜一八三一。江戸後期の禅僧・歌人。越後に生まれ、諸国行脚ののち故郷に閑居。生涯寺を持たず托鉢で生活した。書、漢詩、和歌に優れ、歌集『蓮の露』などがある。

＊3　松尾芭蕉
一六四四〜九四。江戸前期の俳人。伊賀国上野に生まれ、十代から俳諧に親しむ。三十代で俳諧師として立つため江戸に下り、蕉風を確立。各地を旅し、『野ざらし紀行』『更科紀行』『おくのほそ道』などを残す。

＊4　仏頂
一六四二〜一七一五。鹿島根本寺の住職で、寺領を巡る訴訟のため江戸に来て深川の臨川庵に滞在、仏頂会下を形成し、弟子たちを教化した。一六八〇年に深川に移住した芭蕉は、仏頂を師として参禅した。

＊5　鈴木大拙
一八七〇〜一九六六。仏教学者・思想家。石川県に生まれ、鎌倉円覚寺で参禅ののち二十七歳で渡米。仏典の英訳や英文による書物の刊行により、仏教文化や禅の海外普及に功績を残した。著書に『禅と日本文化』『日本的霊性』など。

＊6　『後漢書』
後漢王朝に関する正史。南朝・宋の范曄(はんよう)らが編纂し、四三二年頃に完成。本紀十巻、列伝八十巻。

＊7　六祖慧能
六三八〜七一三。中国唐代の僧で、禅宗第六祖。神秀の北宗禅が北方で栄えたのに対し、南方に下り南宗禅の祖となる。多くの優れた弟子が輩出し、後代の禅の発展に大きく寄与した。

＊8 馬祖道一
七〇九～七八八。中国唐代の禅宗の一派、洪州宗の派祖。六祖慧能の弟子である南岳懐譲に師事し、多くの弟子を育てたとされる。

＊9 『古事記』
現存する日本最古の歴史書。天武天皇の命により稗田阿礼が誦習した神代から推古天皇までの天皇系譜や神話・伝承などを、太安万侶が筆録し、七一二年に元明天皇に献上したものとされる。

＊10 公案
禅宗で、師から参禅者に示される課題。先人の言行などが題材にされるが、思考不能な場所に修行者を追い込み、見性させることを目的とする。

＊11 子夏
前五〇七？～前四二〇？ 衛の学者。孔子の弟子で、孔門十哲の一人に数えられる。

＊12 『春秋公羊伝』
五経の一つで孔子の編纂と伝えられる『春秋』の注釈書。『穀梁伝』『左氏伝』と並ぶ春秋三伝の一つ。子夏の弟子である公羊高の伝述したものを弟子らが書物にまとめたとされる。

第4章――万物はみなひとしい

荘子の根本思想＝「万物斉同」

ここまで三章にわたり、「道」「受け身による主体性」「遊」といった荘子の思想を、『荘子』に描かれたさまざまなエピソードを引きながら読み解いてきました。この章では、これらすべての大本にある、「万物斉同（ばんぶつせいどう）」という荘子の根本思想に迫っていきたいと思います。

これまでお話ししてきたように、荘子は老子が説いた「道」というテーマを受け継いでいます。「道」とは、荘子によれば渾沌たる非存在です。いまだ何も存在しておらず、それは「無」に等しい。無に等しいということは、「斉同」、つまり、みな斉（ひと）しいという状態です。その斉同なる無から万物が生まれてくるわけですから、全てのものは元をたどれば斉しい（万物斉同）ということになります。

ではなぜ、荘子はそのような万物斉同の見方の必要性を説いたのでしょうか。そこにはおそらく、余計な対立や差別を解消したいという思いがあったのでしょう。すでに何度か紹介していますが、荘子は対立差別が解消される見方というものを、「天鈞（てんきん）（天均）」という言葉で提示しています。天から見れば全てのものはつりあっているということです。また「天倪（てんげい）」という言葉も使っています。天の高さから眺めれば、区別や対立などというものはおよそちっぽけでつまらないものになるという意味です。そういう見方を獲得し、差別を超えた自然の立場で和するということが、荘子の願いなのだろうと思います。

言葉というものは、その性質上、どうしても対立差別を促します。ですから、そうした荘子の願いも本来であれば無言で表現すべきものなのかもしれません。あるいは、「卮言(しげん)」という臨機応変の言葉で表現するしかないのかもしれません。『荘子』の中では、そうした言葉を駆使し、さまざまな角度から万物斉同の思想が述べられています。

ここでは三つのエピソードを紹介しましょう。

まずは、人間の価値判断というものが生む対立を無化する「道は屎溺(しにょう)にあり」の逸話を、知北遊篇から紹介します。

東郭子(とうかくし)が荘子に訊ねました。「いわゆる道というのは、どこにあるのでしょう」。すると荘子は「どこにでもあるよ」と答えます。以下、会話はこう続きます。

東郭子「具体的に言ってほしいな」
荘子「じゃあ螻(けら)(オケラ)とか蟻(あり)かな」
東郭子「ずいぶん下等なんだね」

荘子　「稊稗にもあるよ」
東郭子「もっと下等じゃないか」
荘子　「瓦や甓にだってあるよ」
東郭子「まいったなぁ」
荘子　「屎溺にもある」

〔東郭子、荘子に問うて曰わく、謂わゆる道は悪くにか在ると。荘子曰わく、在らざる所なしと。東郭子曰わく、期りて而る後に可なりと。荘子曰わく、螻蟻に在りと。曰わく、何ぞ其れ下れるやと。曰わく、稊稗に在りと。曰わく、何ぞ其れ愈〻下れるやと。曰わく、瓦甓に在りと。曰わく、何ぞ其れ愈〻甚だしきやと。曰わく、屎溺に在りと。東郭子応えず。〕

（知北遊篇）

あまりのことに東郭子は黙ってしまいますが、荘子は続いて、東郭子の質問自体が本質を突いていないと批判し、道はものがあるかぎりどこにでもあるのだから、限定的に見てはいけないと述べます（「汝、唯必すること莫かれ。物より逃るることなければなり」）。至道とか大言というのも同じことで、要するにその特徴は「周」「偏」「咸」、つまり、「あまねく」「ことごとく」だというのです。

荘子は、「これは立派なものだ」「これは卑しいものだ」という人々の思い込みを否定したいのでしょう。人間の分別によって卑小とされるものをことごとく復権させて、大笑いをしているように見えます。人間がつまらないと思っているものの中にも道はある。「真の主宰者」（斉物論篇）というような人がものの価値をコントロールしていると思えるかもしれないが、そうではなく、道はどこにでも行きわたっているというのが荘子の主張です。しかも、道は常に具体を離れず、あまねく、ことごとく、あなたが卑小だと思っているどんなものにもあるのだと言います。

斉物論篇に、「未だ始めより物有らずと為す者」が「至れり尽くせり」だ、という言葉があります。荘子によれば、価値判断以前に、ものの識別をしないという人が最高なのです。

天から見ればちっぽけな争い

則陽篇には、対立する者同士を宇宙的な視点から見ようとする「蝸牛角上の争い」の逸話があります。概略はこうです。

恵施が魏の恵王に仕えていた頃、恵王は盟約を結んでいた斉の威王[*1]に裏切られた。

これに対し、家臣には討伐論を唱える者もいれば、和平論を唱える者もいて、恵王は混乱してしまった。そこで恵施は、賢者の誉れ高い戴晋人(たいしんじん)を呼び寄せた。戴晋人は恵王に言う。

「蝸牛(かたつむり)というのを、王さまはご存じですか?」

「そりゃあ知っとるわい」と恵王。

「その蝸牛の左の角(つの)には触氏(しょくし)という者が国を構え、右の角には蛮氏(ばんし)が国を構えておるのですが、領土争いになりまして死者数万、逃げる者を半月も追って戻ってくるような激しい戦いだったのですよ」

「おいおい、出鱈目(でたらめ)もいい加減にせい」

「それなら出鱈目でない話にしましょう。王さまは一体この宇宙の四方上下に際限があるとお思いですか」

「際限はなかろうなぁ」

「ならば心をその際限なき世界に遊ばせてから実際の地上の国々を見渡せば、いずれもあるかなきかわからぬほどではございませんか」

「まぁそうじゃな」

「その実際の国のなかに魏の国があり、都があり、都のなかに王さまがおいでです。

王さまとあの蝸牛角上の蛮氏と何か違いはありますか」

「……うん、違わないなぁ」

そう呟いた王は、戴晋人の退出後なにかを失ったように悄気てしまったのである。

〔恵子これを聞きて戴晋人を見えしむ。戴晋人曰わく、謂わゆる蝸なる者あり、君これを知るかと。曰わく、然りと。蝸の左角に国する者あり、触氏と曰う。蝸の右角に国する者あり、蛮氏と曰う。時に相い与に地を争いて戦う。伏尸数万、北ぐるを逐い、旬有五日にして而る後に反る。君曰わく、噫、其れ虚言ならんかと。曰わく、臣請う、君の為めにこれを実にせん。君、意を以て四方上下を在（察）るに、窮まりあるかと。君曰わく、窮まりなしと。曰わく、心を無窮に遊ばしむるを知りて、而して反って通達の国を在れば、存するが若く亡きが若きかと。君曰わく、然りと。曰わく、通達の中に魏あり、魏の中に於いて梁あり、梁の中に於いて王あり。王と蛮氏と弁（別）あるかと。君曰わく、弁なしと。客出ず、而して君惝（悵）然として亡なうことあるが若し。〕（則陽篇）

左の角の触氏と、右の角の蛮氏。宇宙的な視点から見れば、いかにちっぽけなことで争っているか。これはまさに、天鈞や天倪という価値観を具体的に示しているエピソードです。

胡蝶の夢

あれとこれを区別しない。是か非かを分けない。さらに荘子は、生も死も万物斉同の例外ではなく、大きな変化の流れの一部だととらえようと提唱しました。死は終わりではなく、別世界への目覚めだと見たのです。斉物論篇に「大覚ありて、而る後に此れ其の大夢なるを知る」という言葉があります。ある目覚めがあると、人生そのものが大きな夢だったということが分かる。禅では人生のことを時に「大夢」と言いますが、それはここから来ています。

この「夢」とは、夢や希望の夢ではありませんし、寝ているあいだに見る夢のことでもありません。大宗師篇には「古の真人は、其の寝ぬるや夢見ず」とあります。真人は寝ていても夢を見ないというのですから、睡眠中の夢は見ない方がよいということなのでしょう。「大夢」の背後にあるのは、今も寝てはいない、覚めているのだがさらに覚めることがあるはずだ、という認識です。そして、覚めた時には、それまでが寝ていたのも同然だと思い直す。そういう意味で、目覚めている今の時間もやがて「夢」になるのです。

このことが象徴的に描かれているのが、斉物論篇の最後にある、有名な「胡蝶の夢」のエピソードです。

昔者、荘周、夢に胡蝶と為る。栩栩然として胡蝶なり。自ら喩（愉）みて志に適うかな。周なることを知らざるなり。俄然として覚むれば、則ち蘧蘧然として周なり。知らず、周の夢に胡蝶と為るか、胡蝶の夢に周と為るかを。周と胡蝶とは、則ち必ず分あらん。此れをこれ物化と謂う。

自分が蝶になってひらひら楽しく飛んでいる体験をした時、人は当然のことながら、それは夢だと思うでしょう。荘子（荘周）も自分が蝶になった夢を見ているのかなと思ったけれど、気がつくとまた荘子になっていた。今がうつつだとすると、さっきまでの体験が夢だったことになります。しかし、この「今」の荘子だという状態が、蝶が見ている夢ではないと、どうして言えるだろうか――というわけです。「今」からも覚めてしまうことだってあり得る。そうであれば、今現実だと思っていることがそのまま夢であってもおかしくはないのです。

『荘子』にたびたび登場する恵施が唱えた説に「方生の説」というものがあります（天

下篇)。「方生」とは「方び生ず」と読み、あれとこれ、生と死、是と非などの二元論の双方ばかりでなく、すべてのものの区別は同時発生しているという考え方です。荘子もこの説に賛同し、自説に取り入れています。夢もうつつも、すべては並び生じているという認識です。

万物斉同を可能にする「明」の立場

この「胡蝶の夢」のエピソードはまた、苦しい「今」に向き合う勇気を与えてくれる考え方でもあるでしょう。というのも、状況が変われば「今」が持つ意味も全く変わります。「胡蝶の夢」は、現実だと思っていたものもやがて覚めてしまえば夢になるという話ですから、そこから、たとえ今がつらくても、そんなに思い詰めなくても大丈夫ですよ、という励ましを受け取ることもできるでしょう。

親が死ぬということは、悲しくつらいことです。しかし、たとえば親が早くに亡くなって高校に進学できず、就職せざるを得なかった女の子が、その職場でよい男性と出会って結婚し、現在は幸せに過ごしているとします。この場合、親の死はどういう意味をもつでしょうか。彼女はあの時親が亡くならなければ、彼とは出会わなかったはずです。そうなると、死の意味が変わります。親の死は、こんな幸せな現在をつくってくれるきっかけでもあった――。それは、親が死んで泣いていた自分というものが、夢として思い返される時です。「現実ってこんなに変わるのね」という思いとともに……。

有名な「塞翁が馬」の話も同じです（『淮南子』人間訓）。馬が逃げてしまって悲しいと思っていたら、それが別の馬を連れて帰ってきた。なんとうれしいことかと喜んでいたら、その馬に息子が乗って落馬し、骨折をした。悲しいと思っていたけれど、やがて隣国と戦争が始まり、徴兵されるはずだった息子は骨折していたためそれを免れた。つまり、状況が変わると、出来事の意味はまるっきり変わってしまうのです。

荘子の言う「夢」とは、そのような現実のありようであり、万物の変化のありさまだと考えられます。どの今も、いつかは夢になるのです。沢庵禅師[*2]が、亡くなる時に遺偈として書いた「夢」も、同じ意味でしょう。

現実と夢という二項対立の考え方は、現実の生をものすごくきついものにします。ところが、荘子はそうではなく、すべての命は無窮の変化の中で次々に目覚めていくものなのだと考えました。そして目覚めるたび、それまで生きていた現実の生が次々と夢になっていくのです。

さらに荘子は、あらゆる二項対立や区別を超えるものの見方を「明」とも呼んでいます。この立場に立って初めて、世界は万物斉同となる。荘子は斉物論篇で、この境地を扉の上下の穴に差し込む回転軸「枢（とぼそ）」になぞらえて、こう語ります。

彼と是れと其の偶（ぐう）（対）を得るなき、これを道枢（どうすう）と謂う。枢にして始めて其の環（かん）中（ちゅう）を得て、以て無窮に応ず。是（ぜ）も亦（ま）た一無窮、非も亦た一無窮なり。故に曰わく、明（めい）を以（もち）うるに若（し）くなしと。

「相対的価値としての対語を持たない立場を『道枢』というが、枢であってこそ環の中心にいて三百六十度どのような変転にも対応できる。是も非もそうした無窮の変転のうちの一つにすぎないのだから、『明』の立場には及ばない」

つまり、対語としてとらえると対立を生むので、無窮の変化の一部だととらえてはどうかというわけですね。これが「明」という見方で、仏教でいう「無分別智（むふんべっち）」とも重なります。あらゆる分別を妄想あるいは錯誤だと見て、それらを超える絶対智を獲得せよということです。

「明」は、枢のように三百六十度どのような変化にも対応できるというあり方です。ものごとを二項対立でとらえるのではなく、無窮の変化としてとらえ、自然なことなのだからそれに身を任せましょうという立場です。荘子はこの無窮の変化のことを、「曼衍（まんえん）」

という言葉でも表現し、この曼衍をそのまま懐くのが「聖人」だと言います（「聖人は之を懐き、衆人は之を弁じて以て相示す」斉物論篇）。「懐く」とは、待たず、論ぜず、弁ぜずという態度です。万物をそのまま胸に収めてしまう。分類すれば必ず分類されないものが残り、区別すればやはり区別されないものが残ってしまいます。そんな不完全な人為を加えず、すべてをそのまま懐くのが聖人だというのです。

荘子の死から見えるもの

荘子は、あらゆる二項対立を超え、すべてを無窮の変化としてとらえる「明」の立場を説きました。それは生と死にも当てはまることで、荘子は自らの死をも、そのような境地でとらえていました。

荘子は臨終の時、手厚く葬りたいと考えていた弟子たちにこう言います（列御寇篇）。

吾れ天地を以て棺槨と為し、日月を以て連璧と為し、星辰を珠璣と為し、万物を齎送と為す。吾が葬具、豈に備わらざらんや。何を以てか此れに加えんと。

「わしは天地の間のこの空間すべてを棺桶とし、太陽と月とを一対の玉飾りと見なし、星をさまざまな珠玉の煌めきに準え、万物を葬送の贈り物と見たてている。わしの葬式の道具はもうじゅうぶんに備わっているではないか。さらに何をつけ加える必要があろう」

しかし、それではカラスやトビに食べられてしまうと心配した弟子に、さらに言った言葉が振るっています。「地下に埋めても螻や蟻に食べられるだけだし、そうしたらカラスやトビは食べられないわけで、それでは不平等になる。誰でも私の死体に平等にあずかれるように、ただ地面に置けばいい」

私が住職を務める福島県三春町の福聚寺は、本来は中国の天目山に由来する幻住派という一派に属するのですが、老荘の影響が強いのか、お墓については基本的に同じようなことを言います。ただ、後世の人のためにお参りする場所はあった方がいいだろうということでお墓は作るのですが、墓石には自然石を使います。生前に自分用の墓石を決めておいて、亡くなったらそれを置いてもらってお墓にする。しかし、その石に名前などは彫りません。

さて、この荘子の死のエピソードから読み取れることは、二つあると思います。一つは、「明」の立場に立てば死も無窮の変化の一部であるという荘子の認識です。死についての叙述は、斉物論篇にもいくつかあります。たとえば、「死とは幼い頃に離れた故郷に帰るようなものだ」というもの。また、「死ぬ前にどうしてあれほど生きることを願っていたのか、後悔しないとは限るまい」という一文もあります。死とはある種の目覚めであり、別世界に移ることだから、死んでみたらこの方がよかったと思わないとは限らない。そうであれば、ことさらに嘆き悲しんだり、儀式張った派手な葬儀を行なったりするのはそぐわない――それが荘子の主張でしょう。

もう一つは、儒家への批判です。死は無窮の変化の一部であると同時に、自然に帰るという意味合いも持っています。地面に横たえてもらうだけで葬具はもう充分そろっているという荘子の言葉の裏には、葬礼についてあれこれ定める儒家たちへの、「そんな小細工はいらない」という批判もあると考えられます。

大魚の鯤が大鵬となる

生も死も、夢もうつつも全てが無窮の変化だととらえる万物斉同の思想。その全てを包含する逸話が、『荘子』の冒頭、逍遥遊篇に記された「大魚の鯤(こん)が大鵬(たいほう)となる」です。

北冥(ほくめい)に魚あり、其(そ)の名を鯤と為(な)す。鯤の大いさ其の幾千里なるかを知らず。化して鳥と為るや、其の名を鵬(ほう)と為す。鵬の背、其の幾千里なるかを知らず。怒(ど)して飛べ

ば、其の翼は垂天の雲の若し。是の鳥や、海の運くとき則ち将に南冥に徙らんとす。南冥とは天池なり。

「北の果ての海に魚がいて、その名を鯤という。鯤の大きさはいったい何千里あるのか見当もつかない。やがて突然形が変わって鳥となった。その名は鳳（鵬）という。鳳の背中は、これまたいったい何千里あるか見当もつかない。ふるいたって飛びたつと、その翼はまるで大空一ぱいに垂れ込めた雲のようである。この鳥は、（颱風で）海が荒れ狂うとその大風に乗り、南の果ての海へ移ろうとする。南の果ての海とは、世に天池と呼ばれるものである」

　これはとんでもないスケールの話です。鯤とはもともとは魚の卵という意味。それほど小さいはずの魚が、どんどん巨大になって、しかも突然鳥になる。死も変化の一つに過ぎないとするなら、魚が鳥になって別世界で生き始めることだってあり得るでしょう。颱風が来たら今度はその風に乗って南冥に飛んでいく。とにかく状況に応じてどんな変化でもするわけです。

　この鳥は、南の果ての海に天翔ける時は、海上を滑走すること三千里、空高く舞い上がること九万里だと言います。鳳が見下ろす世界は、全てが青一色。「天」「明」、あるいは「道」から見れば、全てが斉しい、万物斉同の世界が立ち現れます。そして鳳は、翼の下に充分な風を得て初めて、何ものにも遮られず南の方へと飛んでいく。それは、全てを受け容れて楽しむ「遊」の境地をも表しているでしょう。

今、『荘子』を読むということ

現代社会では、とかく効率ばかりが求められがちです。そんな時代を生きる日本人にとって、『荘子』は生真面目な固定観念を解きほぐし、心の自由とは何かを垣間見せてくれる書であるに違いありません。『荘子』が説く思想の中で、現代社会で特に忘れられているのが「遊」だと思います。今では子供ですら、友達と遊ぶ時には事前にアポを取ると言います。昔は「〇〇ちゃん、遊びましょ」といきなりその子の家に行ったものですが……。

そんな息苦しさのある中で、『荘子』は、「どのような状況でも人は主体性を持ち得る」ということを教えてくれます。そして、それが論文調ではなく寓話として書かれているところが非常に魅力的なのです。論理は記憶には残りません。荘子が書き残しているものは論理ではなく、常に具体です。荘子は、道は具体にしか宿らないという自らの考えを、その文章で実践しています。そこでの荘子の遊びようは並ではありません。儒家や墨家だけでなく、老子さえ小説の登場人物のように、荘子の思うままに振る舞わされている。小説という言葉が『荘子』に由来することからも分かるように、この本は「心の自由」のための生活哲学であると同時に、何度も繰り返し読むに堪える秀逸な小説でもあると言えます。

『荘子』を読んでいると、この思想を語った荘子、つまり荘周という人は〝超大人〟だと感じると同時に、〝超子供〟だとも感じます。無邪気でありながら、相当に老獪な匂いもする。お釈迦様を例に取ってみると、若い頃の教えが記された『華厳経』[*3]というお経は哲学的な叙述が中心です。そこから阿含[*4]、方等[*5]と進み、五十～六十代になって出てきた般若経典[*6]は、論理とたとえ話がほどよい塩梅で混じっています。とは言え、まだ論理も多い。それが七十代の『法華経』[*7]になると、たとえ話がじつに多くなります。それになぞらえて考えると、荘子とはいったい何者なのかと考え込んでしまいます。初めからたとえ話（寓言）ばかりで、しかも晩年の衰えを全く感じさせない。「小さな鯤が鵬になる」。これだけ非常識な話はなかなか書けないと思います。

以前、『法華経』をフランス語に訳したジャン＝ノエル・ロベール氏[*8]から、非常に興味深いお話を伺いました。北京に住む政府高官の家に、辺境の地からとても本好きのお嫁さんが嫁いだ時のことです。その家の主、つまり舅である高官は、儒教関係の本が無数に並んだ図書室にお嫁さんを案内し、何でもどんどん読みなさいとはげました後に、隠し扉を開けてみせました。そこには老荘関係の本がぎっしり並んでおり、高官はそのうちの一冊を手に取って、この本以外のものを先に読むようにとお嫁さんに注意したのだそうです。もちろんその本は『荘子』で、もしそれを先に読んでしまったら、あとの本はどれも読む気にならなくなってしまうからという気遣いからでした。

たしかに『荘子』はずばぬけて面白い本です。読んでいるだけで常識という桎梏（しっこく）から解放され、自分がいかに苦悩をつくっていたか、自分とは一体何か……優れた経典を読んだ時のように、そんなことにも気づかされます。『荘子』は、数々の経典に並ぶ書ではありますが、これほどまでに〝笑える〟経典に、私は出逢ったことがありません。これだけ面白く、しかも人を救済へと導く本は、『荘子』以外にはないのではないでしょうか。

＊1　威王

?〜前三二〇?　戦国時代の斉の王（在位前三五六?〜前三二〇?）。

＊2　沢庵禅師

一五七三〜一六四五。江戸初期の臨済宗の僧。京都大徳寺などの住職となるが、幕府と対立し出羽に配流。のちに赦されて徳川家光の帰依を受け、江戸品川に東海寺を開く。書画、俳諧、茶に通じた。

＊3　『華厳経』

大乗経典の一つ。仏は一切の衆生・万物とともにあり、一切の衆生・万物も仏を共有し得るという一即一切・一切即一を説く。天台宗などで釈尊の教えを時間的に五つに分ける「五時八教」でいうところの、最初の華厳時に説いたとされる経典。

＊4　阿含

阿含経典。原始仏教の経典。五時八教では、『華厳経』を説いたのちの十二年間を阿含時（鹿苑時）といい、この期間に説いた経典とされる。

＊5　方等

方等経典。阿含時の次の第三時である方等時に説いた『維摩経』『勝鬘経』などがこれにあたる。

＊6　般若経典

大乗仏教の経典。第四時にあたる般若時に説いた一連の経典とされ、大品般若経、小品般若経、金剛般若経などがある。これらを集大成した漢訳が玄奘の『大般若波羅蜜多経』。

＊7　『法華経』

大乗経典の一つ。最後の法華涅槃時に説かれたとされ、詩や比喩を駆使し、万人の成仏を説く一乗思想、仏とは永遠の命そのものであるとする久遠実成を示す。日本ではこの経典に基づいて天台宗、日蓮宗が開かれた。

＊8　ジャン＝ノエル・ロベール
一九四九〜。フランスの東洋学者。専門は日中仏教史、特に天台宗と日中仏典の文献学的研究。二〇一一年よりコレージュ・ド・フランス教授。

荘子と諸子百家の時代

中国の春秋時代の後半から戦国時代（前四〇三～前二二一）にかけて、「諸子百家」といわれる多くの思想家が活躍しました。諸子百家の「子」は先生、「家」は学派を意味します。主な学派に、儒家（孔子、孟子、荀子）・道家（老子、荘子）・墨家（墨子）・法家（韓非子）・名家（恵施、公孫竜）・兵家（孫子）陰陽家などがあります。

戦国時代には、「里」という各地の村落共同体を統括しようとする「国（ステート）」が発生し、あちこちに割拠していました。多くの国が競い合う混迷の時代に、どう生きていくのかということを諸子百家は考えたのです。その多くは「国」を認めたうえで、そのあり方をめぐる議論を繰り広げていましたが、老子と荘子は「国」と呼ばれる支配機構は小さな村から搾取するだけの組織だとしてその存在じたいを否定していました。老子は「小さな国、少ない民」を理想とした「小国寡民」の思想で村落共同体をよしとし、荘子は「国」そのものに興味をもたず、あくまでも個人を重視する立場でした。

諸子百家の中で、儒家は「五徳（仁・義・礼・智・信）」と「恥」を重んじますが、なかでも「孝」を重んじるか、「礼」を重んじるかで、大きく二つに分かれます。「孝」による家族愛を重視する一派から孟子らの性善説が生まれ、「礼」による規律維持を重視する一派からは荀子らの性悪説が生まれました。

一方で、儒家の社会秩序を重んずる態度を人為的であるとして、老子、荘子ら道家はあるがままの状態に逆らわず、「道」へと合一すべきだと説きました。

また「恥」や「徳」によって治世が可能であると考える儒家に対し、それは甘い、と「法」による縛りを重視するのが、韓非子らの法家です。

さらに、秩序を守るため社会の中での上下関係、階級を重視する儒家に対し、その階級主義を否定し、「兼愛」という平等主義を唱えたのが墨家です。「兼愛」つまり自分と他人を区別しない無差別の愛を、儒家や荘子は悪平等として否定し、まず違いを見ることが平等の前提だとしました。

諸子百家というのは、何らかの専門技術・知識をもった技術者集団と考えていいでしょう。儒家は冠婚葬祭（礼楽）で、葬儀運営を生業とする者も多くいました（それを墨子も荘子も批判している）。墨家は国防技術、兵家は兵法（ただし、無意味な戦争は否定し、富国強兵を説いた）、名家は論理学、儒家の孟子は革命理論、縦横家は外交策、陰陽家は宇宙論、農家は農業技術など、多くの分野で思想学問の基礎が築かれ、各国の君主はそこから有能な人材を登用しました。

ブックス特別章

『荘子』における宗教性

自己中心を脱する

これまで述べてきたように、荘周はさまざまな方法で「自己」と呼べるものを定立させまいとしています。「胡蝶の夢」において荘周から蝶へ、夢見る主体が反転するのもそういう思考ですし、ドジョウや猿や鹿などを持ち出し、住まいや食べ物、あるいは美を感じる対象の違いなどから、それぞれの判断の違いを示したのも自己がいかにアテにならないかを示すエピソードです。

このように見て聞き、感じ、判断するのが今の自己だとするなら、そうではない自己への可能性が、常に開かれていると、荘周は言いたいのです。それは端的に言えば、「自己中心を脱する」生き方とも言えます。少なくとも、そこが荘子の思想の入り口であることは間違いありません。

しかし「自己中心を脱する」と簡単に言いますが、これが如何に難しいことであるかは皆さんにも想像がつくと思います。たとえいわゆるジコチューの、利己的な見方は離れたとしても、そうしようと思った自己の考えに従ったわけですし、自己の考え方に従うことこそ主体性だと、長いこと思い込んできたはずです。

しかし荘周の説く主体性や「自由」においては、そのような自己はすでにいないのです。

荘周の宗教的体験

おそらく荘周がこうした思想を展開するに至った背景には、荘周自身による宗教的な体験があります。

思想と宗教とは、場合によっては渾然として区別できないこともありますが、宗教と呼べるものは明らかに「行」を伴っています。その点について『荘子』はさほど丁寧に触れてはいないのですが、まず何より彼の習い性であった「坐忘(ざぼう)」(大宗師篇)という「行」を憶(おも)いだしてください。本文には顔回が孔子に説明する形で書かれますが、じつに端的なのでもう一度挙げておきましょう。

枝体(したい)を堕(こぼ)ち聡明を黜(しりぞ)け、形を離れ知を去りて、大通に同(どう)ず、此れを坐忘と謂う。

身体感覚が中心部に集まり、いわゆる「知（理性）」が薄れ、周囲の全てに溶け込んでいくような感覚は、明らかに坐禅に通じています。また荘周は人間世篇では形は同じでも心があちこちへ騒ぎ回る状態を「坐馳（ざち）」と表現していますが、これなどは、「坐忘」における失敗例の表現ではないでしょうか。つまり荘周は、おそらくこの行に意識的に取り組んだ時期があるのでしょう。

またやはり大宗師篇ですが、荘周はもう一つの宗教的境地を「朝徹（ちょうてつ）」と表現しています。これは明け方の空のように澄み切った心境と思われますが、ここではそこに至る方法論も順を追って示しています。

まず「副墨（ふくぼく）の子」つまり文字・言葉との出逢いがあり、それを「洛誦（らくしょう）」（連続で暗誦）します。それから実際に目で確かめ（瞻明（せんめい））、耳で確かめ（聶許（じょうきょ））、実践し（需役（じゅえき））、それによって歓喜を味わい（於謳（おおう））、霊妙な真理そのもの（玄）に冥合し（玄冥（げんめい））、寥（りょう）たる実相に参入し（参寥）、そしてとうとう万物の始原に擬（なぞら）えた道に達する（擬始）というのです。

ここにも、言葉の暗誦という「行」が示され、それが繰り返されるうちに歓喜を伴いつつ真理（玄）と一体化した体験が感じられます。「冥」も「寥」も自己の輪郭がほとんどなくなり、周囲と渾然と溶け合った状態を意味する言葉ですが、そこに歓喜を味わう（於謳）ところに実践者ならではの実感が感じられます。

道の本質

おそらくここには宗教の端緒があります。だからこそ『荘子』は後に道教の聖典にも数えられ、禅にも大きく影響を与えたのでしょう。しかしどうも『荘子』を読むかぎりでは、彼自身がそうした「行」を他人にも積極的に勧めようとしたとは思えません。自らは深く頻繁にそれを体験しながらも、それをメソッド化したりノウハウ化することにはあまり興味が湧かなかったのでしょう。荘周はひたすらその境地から自らの思考を自在に展開させてゆきます。もしかすると荘周は、人々を導くためであっても停滞することは嫌だったのかもしれません。

しかしここでは、『荘子』のなかの淡泊な言及から、あらためて自己中心を脱した在り方について、方法も含めてまとめて考えてみたいと思います。

荘周は、「胡蝶の夢」の最後に、「物化（ぶっか）」という言葉を使っています。それは物の変化のことですが、荘周にとってはあらゆる物事が変化してやまず、しかも如何なる変化の可能性もあり得ると考えていたようです。

第2章では、左手がオンドリになるとか右手が弾丸になるなど、あまりに破天荒な変化が示されましたが、これとてまんざら冗談ではありません。長い目で見ればとにかくどんな変化もあり得るため、それに対処することが求められるのです。

この際、変化について認識すべき大切なことは、この移り変わりは「ただ」起こる、ということです。どうしても人は、目的や原因などを考えてしまいがちですが、たとえば草が枯れるのは土に帰るためでもありませんし、何かの栄養になろうと意志しているわけでもありません。ただ、枯れるのです。

こうした変化はやむことなく絶えず起こりつづけ、あらゆるものがおのずから他の何かの一部になり、相互作用を起こし、関係しあいながらさまざまに変遷してゆきます。こうした変化のことを、荘子は「曼衍（まんえん）」と表現しましたが、じつにうまい命名だと思います。「曼衍」とは無限の変化そのもの、特に「衍」は流れによってどこまでも運ばれる受け身の在り方をうまく言い当てています。仏教で言う「縁起」にも重なる捉え方だと思います。

そして結局のところ荘子にとって「道」とは、この変化窮まりないあらゆるものと、完全に一体化することなのです。

道との一体化を邪魔するもの

『老子』と共通する『荘子』のテーマは道ですが、『荘子』のほうがより具体的にそれと一体化する方法を考えています。

まず一体化を邪魔するものとして、分別や知性、感情が想定されます。たとえば第4章にあった「蝸牛角上の争い」のように、感情的な自己が巨視的な眼差しを得ることでハッと気づく。そんな経験は誰にでも心当たりがあることでしょう。

では分別はどうでしょう。人はどうしても二元論的に判断しますし、それは普通「分別がある」などと褒められるわけですが、これも第4章で紹介したように、荘子は「道枢（どうすう）」という二元論のどちらにも与（くみ）しないポジションを教えます。回転ドアの軸から見れば、全てが三百六十度の変化のバラエティに過ぎない、というわけです。そうした価値判断を離れた見方が「明」ですが、そんなふうにモノを見ることが果たしてできるものでしょうか。

また同じように自己を脱する重要な方法として、じつは「胡蝶の夢」の物語もあります。つまり、荘周の夢としてではなく、現在の自己を蝶々の夢として見る、それこそあの物語の勘所なのですが、それが本当にできたら確かに「自己を脱する」ことも夢ではないでしょう。

……どうやら気づいていただけたでしょうか。自分が蝶になりきれないのも、「道枢」や「明」の立場がなかなか信じられないのも、結局あなたの「知性」あるいは「理性」が邪魔しているのです。「知性」が把握している常識も邪魔ですし、「理性」が志すいわゆる意志なども、道との一体化を妨げています。世界のおのずからの変化に逆らっているのは、この厄介な「知性」や「理性」をもった人間だけだと、荘周は言うのです。

「みずから」から「おのずから」へ

第3章で、「みずから」と「おのずから」についてある程度ご説明しましたが、肝腎なことを申し上げるのを忘れていました。

つまり、荘子が目指すのは「おのずから」の変化に従うことですが、人間はどうしても「みずから」考え、行動しようとする生き物ですから、放っておくと「みずから」はどんどん「おのずから」から離れていってしまう、ということです。

私たちは、自主的、自発的であることや「自分らしく」あることを、大事なテーマのように教え込まれてきました。基本的にそれは、自分のやりたいことをやりたいようにやること、ではないでしょうか。つまり自己の欲望を解放することなのです。

しかし欲望ほど不安定でアテにならないものはありません。新しい趣味を始め、たまに衝動買いをし、会社も嫌になったから辞めて、しかし週末は今までどおりダラリと過ごす。それは本人の欲望に従った自発的な生活のように感じられるかもしれません。しかしそんな暮らしが四六時中続けられるはずはありません。なにより欲望じたい、めまぐるしく変わるからです。

『荘子』においては、「待つ（何かを期待する）こと」が否定され、「益する（自分に好都合なように振る舞う）こと」も否定され、ただ蛇のように（地面の）変化に沿うことが求められるわけですが、全く意志的な「行」がないのかと言いますと、じつはもう一つ、「訓練による自然の拡張」が提案されていることを忘れてはいけません。

第3章の冒頭、音楽的な牛刀さばきをする庖丁（ほうてい）の物語を紹介しました。そこでは「分かることは、忘れること」と銘打って、とにかく数え切れないほどの反復練習によって、無意識にできる領域が拡張することを示しました。

音楽そのものについても言えることですが、たとえば楽器の演奏や外国語の習得、水泳や自転車なども、初めはどんなに難しく感じたか、覚えているはずです。

ピアノの鍵盤に置いた指はどうしてもぎこちなく、音符と鍵盤もつながらないものです。しかし先生の言うとおり何度も意識的な反復練習を繰り返していくうちに、指をばらばらに動かしながら腕を右左に動かすという神業と思えた動きが、いつのまにかできるようになっているのです。

自分の指先からメロディーらしきものが奏でられるのを発見した喜びは何とも言いがたいものです。やがて和音や旋律を左右の手で自在に弾きわけ、そのうち即興的な演奏もするようになります。そうなると、恐ろしかったピアノそのものが楽しい楽器に変貌し、椅子に坐っただけで心躍る気分になるようになります。

大切なのは、理性が捉えた自己のイメージがここでは次々に打ち破られていく、ということです。何が「自分らしさ」なのかも、すぐに分からなくなります。

しかも反復練習という行為のなかで、「知性」や「理性」は極力抑制されていきます。この状態を、荘子は「技」ではなく、すでに「道」に一体化した在り方だと言うのです。

庖丁は、仕事と割り切って牛刀を振るい、週末は遊び呆けながら、たまたま「おのずから」の境地に達したわけではありません。「目に映るのは牛ばかり」というほど本気でこの作業に集中的に取り組み、何度も何度も肉をさばく作業を謙虚に繰り返した結果、とうとう流れに身を任せて「おのずから」さばけるようになったのです。

この状態が単なる受け身でないことは、皆さんにもお分かりいただけると思います。

天理に従って牛刀を振るいつつも、庖丁はすでにピアノの即興演奏のように、クリエイティヴな喜びを感じているはずです。主体性も、それによる満足感も、彼の全身に満ちているのです。

庖丁の話の最後では、魏の恵王が「まったくすばらしい。これこそ養生の秘訣だ」と言うのですが、同時にそれは、宗教的「行」の本質でもあります。

「修行」という「経験科学」

以上、『荘子』においては、坐忘だけでなく、「朝徹」に至る意識的な方法論もあり、また「訓練による自然の拡張」の可能性についても、庖丁の物語のなかで存分に述べられていました。

同じ話を何度も取り上げるのは恐縮ですが、じつはこうした部分にこそ、私は荘周という人の宗教性を感じるのです。

東洋の宗教のなかでも、中国仏教と道教が特に親和性が高いことは以前にも申し上げました。それは何より、両者とも「個」の意識、あるいは「自己意識」、「理性」「知性」などを信用していない、ということでしょう。だからこそ中国仏教である禅は、荘子の提案した「真人」という理想像を、そのまま受け容れたのです。

ここで強調しておきたいのは、禅が「無分別」と呼び、老子や荘子が「無為」と呼ぶような理想的状況は、荘子においては今述べたような宗教的「行」によって実感され、体得されたということです。

不思議に聞こえるかもしれませんが、人は誰しもある特定の「行」をすることで、似たような感慨を抱き、似たような境地に至ります。坐禅は無論ですが、坐忘も、また同じ行為を飽きることなく繰り返すという修練も、けっして人を強い自己主張や欲望のほうへは導かないのです。

いわゆる禅定とか三昧と呼ばれる没我の時間は、最近では「フロー」などと呼ばれることもあるようですが、必ずや歓喜を伴い、またクリエイティヴで想像力に満ちた状態に人を導きます。道との一体化を妨げていた「小我」が消えた状態と言えるかもしれません。

すべては科学的に語れるはずだ、と思う人々のなかには、これを「経験科学」と呼ぶ人もいるようですが、確かにそう呼べるような一般性が、「修行」にはあるのだと私も思います。

これ以降は、もう一度荘子のそうした修行に思いを馳せていただき、「フロー」の状態で起こってくる心の劇的変化をあらためて検討してみたいと思います。

狭い視野を打ち破る

テニスであれ水泳であれピアノの演奏であれ、それを修練して「訓練による自然の拡張」を目指すことは、単にその技術を習得するだけのことと思ってはいけません。何よりそれは、自分の視野の狭さを打ち破るための修練であり、新たな視野を発見していく旅なのです。

人の世の争いは、自分の狭い視野に拘泥することで起こります。どんなによく調べ、緻密に描写したとしても、そうした見解は常に特定の視点から構築されます。これが「理性」や「知性」の意図せざる罪深さかもしれません。如何に一つの立場で説得力を高めようと、別な視点で見ている人とは乖離（かいり）を深めるだけなのです。

そこで荘子は、自己を溶暗（ようあん）させてしまい、全く別な視点に移行します。夢見る主体を蝶々と思ったり、蝸牛角上の争いを宇宙的な上空から見てみたり、また無用の用を見いだしてみたり……、それらは全て荘子のクリエイティヴな想像力の賜（たまもの）です。それは「個」というこだわりを捨て、より大きな無意識の宇宙に心を開いたときに現れる人間の特異な能力なのです。

あらゆるものが他のあらゆるものに流れ込む世界、と言ってもいいかもしれません。

規範となるものは何一つなく、荘子も新たな視点を得たら何をすべきなのかは語っていません。鯤(こん)が鳳(ほう)になりましたと言われても、ああそうですかととにかく対応するしかありません。肝腎なのは、今の視点そのものを打ち破ることなのです。

現在の視点を脱するほどリアルな想像力や創造力が、発揮されるような環境が特別に存在するわけではありません。すべては自分次第。世界全体が無限の広がりに満ちた開かれた場所と受けとめられれば、どこにいてもすべての瞬間が創造的になるのです。

新たな視野をリアルに実感した瞬間、きっとあなたは思うでしょう。「視野を限定していたのは、他ならぬ自分ではないか」と。その経験を何度も重ねるうちに、現在の視野もいずれは打ち破られるもののように思われ、今の見方についての執着が次第に薄くなっていくはずです。むろん、視点が変われば世界は何度でも新鮮な顔を見せますから、そのような人にとって世界はいつでも喜びを与えてくれる存在です。

じつは延々とそうした体験を繰り返すうちに、「天鈞(てんきん)」といった見方も可能になるのです。「天から見れば釣り合っている」などという見方が、並みの人間にそう簡単にできるはずもないことは、承知しておいてください。

「両行」と「攖寧」

さて、荘子の並外れた創造力や想像力、あるいはそれを涵養した「朝徹」へのプロセスなどはご理解いただけたかと思いますが、最後にもう一度、荘子にとっての「道」について、考えてみましょう。

第1章で、「道」とは何か、簡単な説明はしておきました。

荘子にとって道とは、まず「渾沌」という生産性に満ちた原理でした。それは「フロー」において発揮される創造性を思えば納得できるのではないでしょうか。

一方で荘子は、道を「攖寧」とも表現しています（大宗師篇）。第1章（25ページ）にも書いたように「攖寧」とは、万物と触れあいながら（自らは）安らかでいること、ですが、ここにこそ荘子の思想や行動原理が凝縮しています。

まず「攖」とは、ふれあうこと、近づくことですから、さまざまな考え方の人々との接触が忌避されてはいけません。

人はそれぞれ世界についての別な見方を持っています。ですから例えば美術展に行けば、学芸員の説明を聞き、普段自分が関心をもたない分野への熱烈な情熱に接することがあるでしょう。マーケットへの買い物だって、乳製品やビールに詳しい友人と棚の前を歩くだけで、これまでとは別な興味で眺められるはずです。

じつは読書だってそうですが、世界について別な見方をする誰かと同行することは、自分の通常の視野から抜け出すことであり、世界がこれまでと違って見えるだけでなく、驚くほど平静に眺められるようになるのです。天下を治める方法として紹介した第1章（26ページ）の無名人の言葉「心を淡に遊ばしめ」とは、じつはそういう状況のことです。

『荘子』斉物論篇の「朝三暮四」のエピソードはご存じの方も多いことでしょう。飼っていた猿に、餌としてトチの実を「朝三つ、暮れには四つ」与えると猿は怒ったので、「朝四つ、暮れは三つ」にしたら喜んだ、というのですが、この物語は人間の分別や感情が、その程度の違いで議論を招く現実を嗤（わら）っています。いや、「朝三暮四」でも「朝四暮三」でも実質に違いはないわけですから、全て無駄な議論なのです。しかし現実の人間たちは猿と同じようにそんな些細な違いに一喜一憂し、尤（もっと）もらしい別な意見として優劣を争い、是非を競います。ここでは賢明な猿飼いのように、それを是非や優劣で考えず、ただ猿の望むようにすればいいじゃないかと言うのです。

ここには「両行」（対をなす考え方の片方を選ばず、敢えて両方を肯定する）の考え方が横たわっていますが、それも「攖寧」を実現する重要な思考法です。

どちらが正しいとも同じだとも断ぜずに、「朝三暮四」がいいという猿の考え方を聞いてみてはどうでしょう。そこには思いもよらぬ発見があるかもしれませんし、少なくとも今の視野をより重層的にしてくれるのは確かだと思います。

「生きる」ことを面白がる

どうしても私たちの「理性」や「知性」には、「真」「善」「美」といったものに注目する傾向があります。なにが正しくて、なにが有用なのか……、それらは常に競い合い、争いの動機になってしまうのに、通常の「理性」「知性」はそういう方向に働くことをやめられないのです。

蛇やドジョウや鹿にもそれぞれの見方があるように、荘子とて我々が特定の視点から世界を見ることじたいを問題にしてはいません。問題なのは、自分の見方が普遍的だと思い込み、自分だけが正しいことにして心を閉ざしてしまうことです。

「攖寧」＝万物と触れあい、しかも寧らかであること。

あらためてそのことを確認するだけで、私たちが行くべき道が見えてこないでしょうか。

「知」の求める「正しさ」に惑わされず、「両行」の考え方を使いこなし、視野が充分に切り開かれ、「天鈞」という見方さえできる。そうなると、身のまわりに起こる全ての出来事も、幸や不幸というものではなくなります。「道枢」という見方ができるわけですから、当然、二元論的な「幸」も「不幸」も、「善」も「悪」も、世の中には存在しなくなってしまうはずです。

『荘子』ではそのような理想的な人格が「真人」と表現されますが、真人は「寡きに も逆らわず、盛んなるにも雄らず」という存在です。卑近な例で恐縮ですが、私は今なかなか風邪が抜けきらない状態ですが、これも『荘子』を読み返す絶好の機会だと思うことにしました。私などにはまだ難しいことですが、真人にとってはどんな突発的な出来事も、人生の味わい、また想像力や創造力の絶好の発揮場所と思えることでしょう。

真人の説明は、さらに「水に入るも濡れず、火に入るも熱からず」と続くのですが、あらゆる思い込みを捨て、全てを複雑で終わりのない流転の一部として楽しめるなら、そんなことも充分あり得るのではないでしょうか。

実際、私は真言宗のお寺で「火渡り」の行に参加したことがあるのですが、事前に言われたとおりの準備行動をとるうちにある種の「フロー」状態になるのですね。その後、皆で燃えさかる薪の上を草鞋履きで歩いていくのですが、これが熱くないのです。むろん熱く感じないだけで、立ち止まったら火傷しますから「立ち止まらないように」と注意されるのですが、私にすれば火が熱くないというだけで別世界の体験でした。

また真冬の別なお寺では、雪の積もった石段をフンドシ一丁で駆け上がる行をしました。このときも不思議だったのですが、石段の上に大きな石舟があり、満々と水が湛えてあるのですが、登り終えてそこに全身を浸しても、冷たくないのです。「水に入るも濡れず」とまでは行きませんが、冷水がぬるいと感じたのは今も忘れられません。

いずれにせよ、自分の感覚も視野も、常に不完全で今後に別な展開があり得ることを、深く認識すべきです。そうなると大抵のことは、自分の視野を更に柔らかく広く開拓するための、新たな面白い体験にできるのではないでしょうか。荘子が道を説きつつ教えようとしているのは、まさにこの人生を面白がる生き方なのです。

人間であることの桎梏(しっこく)と可能性

これまで、荘子に従って「理性」「知性」を目の敵のように語ってきました。しかしこうして『荘子』の内容を理解し、これからの人生に新たな展望を見いだしたのだとしたら、それも皆さんの知性のお蔭です。

また『荘子』で述べられる寓話や逸話は、ほとんど全て、私たちが制限された特定の視点から解放されるためにあるのですが、これも私たちが特定の視点をもってしまう存在だからこそ普遍性を持ちえる話なのです。

ここには、人間であることによる終わりのない運動が感じられます。「矛盾」という言い方もできるかもしれませんが、それはおそらく違うでしょう。むしろ生きるエネルギーを産みだす「渾沌」と呼ぶのが相応(ふさわ)しいのだと思います。

渾沌の物語を憶いだしてみましょう。

七つの穴を空けられ、五官が揃ったとき、渾沌の身にはいったい何が起こったのでしょう。渾沌の死とは、何を意味するのでしょう。

おそらくそれは「分かった」と思うこと、「正しい」と認識すること、つまり「聡明」な分別の発生ではなかったでしょうか。荘子は、それこそが自らの創造性を死に追いやることだと告げているのです。創造的で刺激的なアイディアが浮かぶのはいいことですが、そのことに自信をもちすぎると自ら創造性に蓋をすることになる。そういうことなのだと思います。

現代に生きる私たちは、無限ともいえる「情報」との接触においても、この問題に向き合っています。情報を知れば知るほど多くを知った気分になるものですが、はたしてそうかと荘子は問い詰めます。知れば知るほど、分からないと思える知り方を、荘子は求めるからです。

いずれにしても「知」の対象を外側に求めるかぎり、無限ともいえる情報に翻弄される人間の姿が、荘子には哀れに見えているはずです。

荘子の目は、そこで内側に向けられるのです。「坐忘」や「朝徹」に至るプロセスによって、自らの内部の渾沌に向き合うのです。渾沌という状態では、寧らかなままにあらゆる視点をもつ可能性が開かれています。男性が女性になって見ることも、人間が蝶々になって夢見ることも、そこでは可能なのです。最も想像力豊かで、最も創造的でありえるのが「渾沌」だと言えるでしょう。小説を書くときのように、場合によっては貧しい絵描きの目で見ることも、津波で被災した少女になることも、時にはあてどなくさまよう野良犬の目で見ることさえ可能になってしまうのです。

そのような視点で詳細を具体的に描く場合には、当然ながら牛刀使いの庖丁のような、訓練による自然の拡張が用いられることになります。

ここで確認していただきたいのは、このような人間を超越するような能力が、じつは人間であることじたいから生じているという事実です。自然のままに生きている動物と違い、人間だけはさまざまな知識をもち、暮らしを考えることも変えることもできます。その「知性」や「理性」こそ問題であったはずですが、それをまた「果てしない反復」という人間的行為によって乗り越え、ついに人間離れした境地に達するのです。

いったいどこの犬や猫が、生活を変えるためにバーベルを持ち上げたり、腕立て伏せをしたりするでしょうか。なにかに習熟し、飼い主を喜ばせるようなことも一部の犬にりません。

はありえるでしょうが、それも限られた行為だけですし、猫には初めからそんな気もあ

規則的な散歩も彼らにはできませんし、リードに引かれる毎日のご主人の散歩やドッグフードの食事さえ、おそらく犬たちは「規則的」とも「習慣」とも思っていないのではないでしょうか。どんなことでも「習慣」にし、「規則的」であることの退屈を乗り越え、やがて「遊」の境地にまで至れるのは、その退屈を感じる「知性」をもった人間だけなのです。

このように、人間であることを原動力にして、人間であることを超えるのがじつは荘子の教えなのです。

これってやはり、完成のない永遠の運動ではないでしょうか。

だから『荘子』はやめられないんですね。

司馬江漢画「荘子図」(東京藝術大学大学美術館所蔵)

あとがき

先日、和歌山県のある工業高校から、一通の封書が届きました。入試問題に私の文章を使ったのですが、それを再録する許可がほしいというのです。

同封されていた試験問題を見ると、『荘子と遊ぶ』の中のハネツルべの話でした。老人がハネツルべの存在は知りつつ「恥ずかしいから使わんのじゃ」と告げますと、孔子の弟子である子貢は黙り込み、逃げるように去ってしまったわけですが、工業高校を受験する君たちはここで黙り込んではいけない、なんとかこの老人に反論しなさい、という論述問題なのでした。

引用文のなかには「機心」のことも書いてありましたが、そんなことには関係なく、人間の生活を便利にし、少しでも効率をよくすることは疑いなく善なのだ、という立場を表明することが求められているのでしょう。「機心」も、発明や発見、技術革新をもたらす契機と見るべき、と出題者は考えている気がしました。

しばらく私は考え込み、それから「諾」に○をつけて投函しました。

思えば荘子の思想も、孔子や儒家へのアンチとして構築されていったようなものです。やはり若者はまず、「有為」の道を学び、ガンバリズムやアイディアを発揮し、しかも努力し、その行き詰まりを経験しないと「無為」への道は開けないのでしょう。そう思って納得することにしたのです。

問題は、「機心」が全面的にお金儲けに向けられること、そういう危惧は感じるのですが、これも若者には「アメリカンドリーム」のようなもの。おそらく今言っても何も耳には届かないでしょう。

ただ受験生の頭に、ハネツルべという聞き慣れない言葉がうっすらとでも記憶され、そのうち壁にぶつかったり人生を本気で考えはじめたとき、少しでも憶いだしてくれるのではないかと、淡い期待だけを込めて承諾の返信をポストに入れたのです。

今回の単行本化に当たっては、NHK出版教育文化編集部の加藤剛さんにいろいろお骨折りいただきました。特に最終章をまとめることで、私にとっての『荘子』がぐっと明確になったように思え、あらためて感謝に堪えません。

また『100分de名著』に私の『荘子と遊ぶ』を扱っていただいたことで、『荘子』が広く知っていただけるようになり、嬉しいかぎりです。私自身、なにより四つの章に分ける必要から、いつになく『荘子』を理知的に読み返し、とても大きな刺激を得ることができました。

なんだやっぱり理性知性じゃないかと言われそうですが、これも私のなかで積極的に習慣化し、無意識の直観にまで高めたいと思います。


ここまで書いたところでようやくすっきりしない気分の正体が分かりました。さっきの工業高校の問題ですが、やはり相手が中学三年生であっても、「反論」させてはいけなかったのです。「反論」や「反駁」、「議論」や「論難」に何の意味もないことは、荘子の大きな主張でした。やはりここでは、受験生に老人を「説得」してもらうのがいいのではないでしょうか。子貢とて老人の体を労(ねぎら)っての発言なのですから、なにも逃げるように去ることもないはずです。

「ふ〜〜ん、まぁ望ましいものじゃないが、……悪くないね」

「これがハネツルベか、実際に使ってみると、たしかにありがたいなぁ」

頑固な老人にそう言わせるよう、説得する文章を書きなさい。そうです。問題はそうあるべきなのです。それなら荘子の説くさまざまな「攖寧」のための技術も存分に学べるはずです。

私はすでに投函してしまい、そのあとでこの文章を書きながらそう思ったのですが、和歌山の工業高校にわざわざ連絡することでもないでしょう。
　でも和歌山の心当たりのある先生、もしこれを読んでいらしたら、ちょっと問題文の修正を検討してみてください。宜しくお願いいたします。

平成二十八年　七月七日
福聚寺幻住庵にて　　玄侑宗久　拝

本書は、「ＮＨＫ１００分de名著」において、２０１５年５月に放送された『荘子』のテキストを底本として一部加筆・修正し、新たにブックス特別章「『荘子』における宗教性」を収載したものです。

装丁・本文デザイン／菊地信義
編集協力／山下聡子、福田光一
図版作成／小林惑名、山田孝之
エンドマークデザイン／佐藤勝則
本文組版／㈱CVC
協力／NHKエデュケーショナル

p.1　『三才図会』より荘子（荘周）
p.13　郭象本『荘子』（中国国家博物館所蔵）
p.41　仙厓禅師 禅画「頭骨画賛」（出光美術館所蔵）
p.67　湯川秀樹 書『荘子』知北遊篇（部分、大阪大学大学院理学研究科所蔵）
p.89　陸治「幽居楽事図」より「夢蝶」（部分、北京故宮博物院所蔵）

玄侑宗久(げんゆう・そうきゅう)

1956年、福島県生まれ。作家・僧侶。慶應義塾大学文学部中国文学科卒業。さまざまな仕事を経たのち、83年に京都天龍寺専門道場入門。2008年より臨済宗妙心寺派福聚寺(福島県三春町)第35世住職。また、花園大学文学部仏教学科客員教授などを務める。01年「中陰の花」で第125回芥川賞受賞。『アミターバ　無量光明』(新潮社)、『四雁川流景』(文藝春秋)、『阿修羅』(講談社)などの小説のほか、『荘子と遊ぶ』(筑摩選書)、『現代語訳 般若心経』(ちくま新書)、『釈迦に説法』(新潮新書)など著書多数。14年3月、『光の山』(新潮社)にて芸術選奨文部科学大臣賞受賞。

NHK「100分de名著」ブックス
荘子

2016年8月25日　第1刷発行
2022年2月25日　第6刷発行

著者――――玄侑宗久

発行者―――土井成紀

発行所―――NHK出版
〒150-8081　東京都渋谷区宇田川町41-1
電話　0570-009-321(問い合わせ)　0570-000-321(注文)
ホームページ　https://www.nhk-book.co.jp
振替 00110-1-49701

印刷・製本―広済堂ネクスト

Printed in Japan　ISBN978-4-14-081705-6　C0090

NHK「100分de名著」ブックス

玄侑宗久

（げんゆう・そうきゅう）

1956年、福島県生まれ。作家・僧侶。慶應義塾大学文学部中国文学科卒業。さまざまな仕事を経たのち、83年に京都天龍寺専門道場入門。2008年より臨済宗妙心寺派福聚寺（福島県三春町）第35世住職。また、花園大学文学部仏教学科客員教授などを務める。01年「中陰の花」で第125回芥川賞受賞。『アミターバ　無量光明』（新潮社）、『四雁川流景』（文藝春秋）、『阿修羅』（講談社）などの小説のほか、『荘子と遊ぶ』（筑摩選書）、『現代語訳　般若心経』（ちくま新書）、『釈迦に説法』（新潮新書）など著書多数。14年3月、『光の山』（新潮社）にて芸術選奨文部科学大臣賞受賞。

ISBN978-4-14-081705-6

C0090 ¥1000E

定価：本体1,000円＋税